LE FILS
du
FUSILLÉ

Édition – Publication – Indépendante

ROMAN

Nouvelle édition (avril 2023)

https://www.asso-epi.fr/

Le fils du fusillé

Dépôt légal : décembre 2021

ISBN : 9781980953395

Du même auteur

Romans

Une dame de cœur (3-Cœurs de terroir)

Derrière ses rideaux (2-Cœurs de terroir)

Le fils du fusillé (1-Cœurs de terroir)

Amour de guerre

La mariée disparue

La vengeance du boulanger

Il rêvait d'être père

Moissons d'Orage

Récits de vie

Qu'est-ce qu'on va faire de mamie et du chien ? *(2021)*

Une araignée dans la tête

Édition – Publication – Indépendante

Avertissement

Ce récit évoque, d'une façon romancée, l'un des évènements tragiques de la Première Guerre mondiale.

L'auteur ne fait pas un travail d'historien et ne prétend pas l'être. Aussi a-t-il pris la liberté de changer les noms des personnages et des lieux pour ce modeste hommage aux " Martyrs de Vingré " : six poilus, le caporal Paul-Henri Floch et les soldats Jean Blanchard, Francisque Durantet, Pierre Gay, Claude Pettelet et Jean Quinault qui appartenaient au 298e RI, connus pour avoir été fusillés pour l'exemple le 4 décembre 1914 et réhabilités par la Cour de cassation le 29 janvier 1921.

Par ailleurs, toute ressemblance avec des personnes ou des situations existantes ou ayant existé ne saurait être que fortuite…

1.

VICTORINE AVAIT DE LA CHANCE, elle pouvait choisir elle-même son futur mari. Elle échappait à un mariage arrangé qui, dans le monde paysan de cette fin du XIXe siècle, demeurait souvent l'usage.

Elle était fille unique. Clément et Henriette, ses parents, exploitaient une fermette située à l'entrée de Mezay-sur-Loire, commune rurale de la Touraine. Modestes métayers, sans histoires, ils ne faisaient jamais parler d'eux. Ils louaient leurs fonds de terre au châtelain du village.

Hector Meunier, son futur conjoint, était d'origine tout aussi humble. Il vivait avec Joseph, son père, dans le bourg voisin. Le garçon n'avait jamais connu sa mère, morte en couches. Il avait été élevé par une tante, dont le mari avait péri au cours d'une vaine charge des cuirassiers français sur Morsbronn où ils avaient été anéantis. Elle habitait à proximité et Hector avait passé sa jeunesse à naviguer d'une ferme à l'autre jusqu'à ne plus savoir où se trouvait son véritable logis.

L'été précédent, les deux jeunes gens avaient fait connaissance au traditionnel bal du 14 juillet. Jolie fille, Victorine avait été l'objet de la convoitise des infatigables danseurs et elle n'avait pas manqué de cavaliers. Hector, patiemment, avait attendu son tour pour la faire valser. Lorsqu'elle s'était retrouvée dans ses bras, elle avait été contrainte de s'agripper à lui afin de ne pas perdre l'équilibre. Il la dépassait d'une bonne tête et, du haut de son mètre cinquante, elle s'efforçait d'atteindre son épaule. Son frais minois, rehaussé d'une délicieuse bouche, minuscule, aux lèvres fines, avait étourdi la raison du solide Hector. Les dernières notes envolées, Victorine et Hector ne semblaient pas vouloir se séparer. Le visage de la demoiselle, d'ordinaire si gai et riant, était devenu grave. Elle avait retenu la main du jeune homme dans la sienne.

—

Les jours qui avaient suivi, il n'avait fallu guère de temps à Henriette pour se rendre compte que quelque chose avait changé chez sa Victorine. Même les chèvres dont elle avait la charge auraient pu le dire ! Elle s'était bien gardée d'en parler à son mari qui, pensait-elle, n'aurait pas compris.

Les doutes de sa mère s'étaient confirmés le dimanche suivant lorsque, contrairement à son habitude, Victorine avait annoncé à ses parents qu'elle partait se promener avec sa chienne.

Depuis que Clément avait fini par céder à la pression des deux femmes, sa fille avait l'autorisation de sortir, avec deux amies de son âge, pour son jour de repos, mais seulement l'après-midi. Les demoiselles s'étaient empressées de fréquenter les bals des nombreuses fêtes alentour, jusqu'à ce fameux 14 juillet !

— Vous n'allez pas danser aujourd'hui ? s'était renseignée Henriette.

— Non, avait été la réponse laconique de Victorine, rougissante.

Fine mouche, Henriette l'avait laissée quitter la ferme pour, en toute discrétion, constater qu'elle prenait la route de Neuillé-sur-Racan. Ce petit manège s'était reproduit les dimanches suivants. La mère était d'autant plus intriguée qu'avant chaque promenade, sa fille enfilait la tenue qu'elle lui avait fait bâtir par la couturière du village à l'occasion de la fête nationale. La mise était modeste, loin des froufrous et falbalas de la mode féminine. Une simple robe en coton imprimé à fleurs. « Mais tout de même, avait-elle pensé, pour se promener dans la campagne ! »

Henriette ne lui avait rien dit, mais s'était promis qu'à la première occasion elle la sonderait habilement. Quant à Clément, sans que l'ombre d'un soupçon l'ait gagné, la voyant ainsi partir, il lui avait demandé en s'esclaffant : « Te voilà bien belle pour aller te balader. Qui espères-tu rencontrer dans les champs ? »

—

Du côté d'Hector, les choses avaient été plus simples, il n'avait nul besoin de se justifier. Son père et sa tante constataient que chaque dimanche après-midi il prenait la direction de Mezay-sur-Loire. Sa nourrice, fine observatrice, avait cependant noté un changement chez son neveu qu'elle avait tout de suite attribué à une fréquentation amoureuse. Joseph, quant à lui, n'avait rien remarqué.

Les deux amoureux se retrouvaient près d'un bassin aménagé, mais à l'abandon, au bord de l'Escotais. Sans témoin, à part la fidèle chienne de la jeune fille, ils passaient de longues heures enlacés, silencieux. Lorsqu'ils parlaient, c'était pour envisager leur avenir en commun.

Toute l'année, il en fut ainsi. L'hiver, le lavoir leur servit d'abri contre le froid et le vent, aussi ne manquèrent-ils pas d'occasions de se serrer encore un peu plus l'un contre l'autre.

—

Une année s'était écoulée. Par des confidences diffusées au compte-goutte, Hector avait peu à peu levé le voile et laissé entendre qu'il fréquentait Victorine :

— La gamine de Clément et Henriette ? s'était enquis Joseph.

Après que son fils avait acquiescé d'un léger signe de tête, il avait ajouté : « C'est une brave petite ».

Pour Victorine, la révélation avait été plus longue à venir. En réponse aux questions de plus en plus pressantes de sa mère, la jeune fille avait été obligée d'avouer sa relation avec Hector. L'unique remarque d'Henriette avait été : « Tu as fait le bon choix, c'est un beau gars ! ». Puis il avait fallu informer Clément. Ce fut ainsi que tout au long de l'année, par touches successives, Henriette avait plaidé la cause de Victorine. Lorsqu'enfin le nom de l'élu avait été prononcé, la réaction paternelle avait surpris les deux femmes :

— Hector… Meunier, le fils de Joseph de Neuillé ?

— Oui, avait susurré Victorine.

— D'accord, mais je veux que le vieux se déplace ici me demander ta main.

La mère et la fille s'étaient regardées, conscientes que plus rien ne s'opposerait au mariage.

—

Pour Hector, le grand jour était arrivé. Depuis le début de la matinée, il tournait en rond dans la cour de la ferme. Le moment était venu où, accompagné de son père, il devait faire sa demande officielle auprès de Clément et Henriette. De la Chancelière à Mezay-sur-Loire, il n'y avait pas beaucoup de chemin. Hector avait attelé Mouton au boquet puis il partit s'habiller comme pour un dimanche. La voiture hippomobile ne servait qu'en de rares occasions et pour la circonstance le jeune homme avait tenu à la dépoussiérer. Avant de se mettre en route, Hector, sous l'œil amusé de Joseph, s'était assuré auprès de sa tante, qu'il présentait convenablement. Celle-ci l'apaisa lorsqu'il s'empara des rênes : « Tu es le plus beau ! »

Ainsi tranquillisés le père et le fils prirent la direction du village voisin. Mouton n'aimait pas trotter, aussi avaient-ils décidé de partir en avance. Henriette avait fixé la visite sur le coup de midi, au retour des champs de Clément. La métairie en vue, le cœur d'Hector se serra. « Je ne suis pourtant plus un gamin », pensa-t-il en son for intérieur un peu désappointé de perdre son aplomb. Les aboiements des chiens venant à leur rencontre les accompagnèrent dès franchis les premiers mètres du chemin qui conduisait à la fermette. Clément et Henriette attendaient sur le seuil de leur porte. Clément gueula un bon coup après les clébards pendant qu'Hector attachait Mouton à la barrière d'entrée. Son père était descendu et se dirigeait vers le couple. Clément l'accueillit à bras ouverts :

— Comment va Joseph ?

— Comme un jeune, s'amusa celui-ci.

— Tu parles, tu es de la classe ! rétorqua Clément en lui envoyant une claque dans le dos.

Tandis que les deux hommes, bras dessus, bras dessous, pénétraient dans la maison, Henriette se déplaça pour rejoindre Hector dans la cour :

— Je suis contente de te voir, lui confia-t-elle en se hissant sur la pointe des pieds pour l'embrasser.

Hector sentit ses joues rougir comme sa future belle-mère le prenait par le bras pour le faire entrer à la suite des deux anciens camarades. Il jeta un coup d'œil circulaire à la pièce, espérant apercevoir Victorine, mais la jeune fille n'était pas là. Clément s'installa en bout de table et pria ses hôtes de l'imiter en montrant les bancs de chaque côté. Sans attendre, Henriette avait sorti trois verres et, après les avoir consciencieusement remplis à ras bord, avait laissé la bouteille de vin à proximité de son mari et s'était assise sur la chaise près de la cheminée. Avant de trinquer, Clément, l'air sombre, s'adressa à Hector :

— Dis donc, mon gars, de mon temps, les fréquentations étaient plus longues !

Hector n'avait pas envisagé que la rencontre prenne cette tournure. Muet, il chercha le regard de son père et y décela une lueur qui le réconforta un peu. Dans son coin, Henriette semblait absorbée par le rembobinage d'une pelote de laine.

Joseph rompit le silence qui devenait de plus en plus pesant pour le jeune homme :

— Clément, je suis venu te demander la main de ta fille pour mon fiston.

— Qu'est-ce que tu en dis, la mère ? interrogea Clément en se retournant vers sa femme.

— Ne fais donc pas mariner ce pauvre garçon.

— Alors, affaire conclue, s'esclaffa Clément en ajoutant, enfin si la petite le veut ! Va la chercher, lança-t-il à Henriette en accompagnant ses paroles d'un léger geste en direction de la cour. Délaissant sa pelote, elle se leva et s'apprêta à quitter la pièce. Au passage, elle prit Hector par la manche : « Viens avec moi », lui glissa-t-elle dans un sourire confiant.

Le garçon ne se fit pas prier et suivit sa future belle-mère. Ils n'eurent pas loin à aller, Victorine attendait près de là et, à la vue d'Hector, elle se précipita dans ses bras et l'embrassa sans la moindre gêne devant sa mère qui se détourna, puis regagna l'habitation. Les jeunes gens restèrent enlacés un long moment avant de se décider à rejoindre leurs parents. L'affaire était entendue. Les deux pères avaient choqué leurs verres pour sceller leur accord.

La perpétuelle bonne humeur, l'entrain et la gentillesse d'Hector le firent admettre sans difficulté dans ce qui allait devenir sa belle-famille. Comment, dès leur première rencontre, Victorine aurait-elle pu résister au charme de ce beau moustachu qui paraissait aussi inébranlable qu'un rocher ?

Certaines d'un amour réciproque, les deux familles décidèrent de marier Victorine et Hector avant l'été 1898. Sans plus tarder, les bans furent placardés sur le mur de l'hôtel de ville. Le dimanche suivant à la grand-messe de onze heures, pour ne pas être en reste, le prêtre annonça en chaire l'heureuse nouvelle.

Les préparatifs de la noce pouvaient débuter…

2.

Pour les jeunes amoureux, ce ne fut qu'après de longues semaines d'une impatiente attente que le jour tant espéré arriva. La veille, Hector était parti dormir chez une voisine à proximité de la ferme des parents de Victorine. Mais le sommeil l'avait fui et il n'avait guère pu fermer l'œil de la nuit. Tôt le matin, n'y tenant plus, il se pressa pour se rendre au domicile de son père qui s'apprêtait à se mettre sur son trente-et-un pour l'occasion. Excité, le jeune homme ne put attendre qu'il eût fini de se préparer et partit pour la maison de sa promise où il parvint en avance ! À peine pointa-t-il le bout de son nez dans l'entrée qu'il fut aussitôt refoulé. Pas question de voir la future mariée ! Docile, il patienta debout sur le pas de la porte.

Au fur et à mesure, les convives arrivèrent, pour les uns seuls, pour d'autres en groupe, au domicile de Clément et Henriette. Le père d'Hector ne tarda pas à rejoindre les premiers invités.

Après de longues et bruyantes embrassades, le cortège nuptial, à l'initiative des témoins, se forma pour se rendre à la mairie. En tête, cramponnée au bras paternel, Victorine, la chevelure parée d'une couronne de fleurs d'oranger, était d'une rare beauté dans sa robe blanche. Les garçons et les demoiselles d'honneur les suivaient avec la jeunesse et tous les participants de la fête. Les parents de Victorine avaient aidé à l'achat des habits de noce du futur marié. Ses moyens financiers étaient restreints, et pour son père, les dépenses occasionnées par cette fête étaient un sacrifice consenti, mais lourd. Fier et droit, en redingote et haut-de-forme, Hector, accompagné par sa tante qui s'agrippait à son bras, fermait la défilade. Le long du parcours, de nombreuses femmes de Mezay-sur-Loire attendaient depuis longtemps. Pour rien au monde, elles ne voulaient rater le passage de la prochaine épousée.

Dans le bâtiment municipal, la salle des mariages était comble. Le magistrat en tenue d'apparat se réjouit d'unir la fille d'un de ses concitoyens au fils du père Meunier qui, bien qu'il ne résidât pas dans le village, jouissait d'une bonne réputation. Les futurs époux prirent place au centre, derrière la grande table ovale, leurs témoins à leurs côtés. Après la lecture de l'acte solennel, deux « oui » assurés clôturèrent la cérémonie civile. Le maire complimenta les nouveaux mariés et fit l'éloge de leurs familles respectives.

Après la célébration officielle à la mairie, le cortège se reforma et prit la direction du lieu saint. Hector et son père auraient volontiers supprimé cet usage, mais c'était hors de question, Henriette et Clément y tenaient plus que tout. Croyants et pratiquants, ils avaient toutefois choisi une cérémonie sobre et discrète afin de respecter les idées de leur futur gendre.

La noce se rendit à l'église pour l'échange des anneaux conformément à la coutume. Le curé de la paroisse était radieux. Sa mine épanouie disait sa satisfaction d'accueillir celle qu'il avait baptisée et vue faire sa communion solennelle. Le service religieux se déroula dans l'allégresse. La messe chantée ravit toute l'assistance y compris le père et le fils Meunier qui apprécièrent l'ambiance décontractée de la célébration. Une musique d'espérance et félicité vint clore la cérémonie. Tous les amis participant à l'office s'approchèrent de l'autel dans le but de complimenter Victorine et Hector qui rayonnaient de bonheur. Un garçon d'honneur avait glissé une bonne pièce au carillonneur qui frappa sur la cloche avec des maillets de bois, accompagnant la sortie des mariés d'une joyeuse sonnerie. Les enfants de chœur ne furent pas oubliés, pour eux aussi, c'était la fête ! Une pluie de grains de riz, censés leur porter chance, s'abattit sur les nouveaux époux. Victorine serrait fort la main de son Hector qui allait de l'un à l'autre. Il tenait à adresser un petit mot à chacun, sans négliger personne. La distribution des dragées commença pour la plus grande joie des gamins du village qui attendaient avec impatience la fin de la cérémonie.

Comme il était de tradition pour un mariage paysan, la noce devait être couronnée par de joyeuses agapes. Une des granges du domaine avait été gracieusement mise à la disposition des parents de Victorine par les châtelains. La veille, une immense table avait été dressée et les murs avaient été tapissés de draps blancs ornés de fleurs.

Le déjeuner se déroula dans une folle ambiance, les familles se connaissaient et s'appréciaient. Par avance, tous les verres avaient été remplis du savoureux vin que le père de la mariée avait entreposé dans sa cave en vue du grand jour. Le menu était alléchant. Après la galantine de volailles et le civet de lapin, les invités dégustèrent un filet de bœuf avant de s'attaquer au gigot d'agneau accompagné des traditionnels flageolets. Une fraîche et croquante salade permettait de se préparer pour les desserts.

Victorine et Hector, qui trônaient à la place d'honneur, étaient aux anges de voir parents et amis profiter des mets et du jus de la treille ! Les conversations ne tardèrent pas à s'animer. Les plaisanteries, pas toujours du meilleur goût, fusaient. Avec la pudeur des femmes qui avaient reçu une éducation stricte, la maman de Victorine faisait semblant de ne pas entendre les remarques graveleuses. Les chants succédèrent aux rires.

Il n'était pas loin de six heures du soir lorsqu'après le café, les derniers verres de liqueurs furent bus. Les anciens se levèrent avant d'aller s'asseoir sur les bancs disposés à l'ombre des grands arbres. Les premières notes de musique retentirent. Toute la jeunesse, précédée par les mariés, se précipita pour guincher. Un préposé à la batterie accompagnait l'accordéoniste chargé d'assurer le bal. Pendant ce temps, toutes les femmes sans exception, mariées ou veuves, s'affairaient pour débarrasser, nettoyer la vaisselle et dresser une nouvelle fois les tables pour le dîner. Les familles n'avaient pas les moyens de procéder à la traditionnelle louée de domestiques qui se pratiquait sur les champs de foire à la Saint-Jean ou Saint-Michel.

Lorsqu'elles eurent terminé, elles purent esquisser quelques pas de danse avec leurs hommes. La nuit était tombée quand le souper fut servi. De nouveau, un copieux menu avait été concocté. L'inévitable potage précéda les bouchées à la financière, suivies du saumon puis des viandes. Veau, salmis de canards, dindonneaux ne laisseraient personne sur sa faim. La salade, la pièce montée et quelques desserts variés ravirent ceux qui avaient encore un petit creux.

Sitôt la fin du dîner, les hommes s'éloignèrent pour fumer et permettre aux jeunes de sauter et danser. Certains maris tentèrent de tromper la vigilance de leur épouse et se regroupèrent avec la ferme intention de vider quelques chopines supplémentaires. Le maire et tous les notables étaient de la noce et participaient au bal champêtre qui suivait le souper. Pour sa part, monsieur le curé prétexta sa première messe du lendemain matin pour s'éclipser dès les premières notes de musique. Les mariés ouvrirent la sauterie. Victorine, légère et gracieuse, entraîna Hector sous les applaudissements des convives.

La soirée était avancée lorsque la traditionnelle jarretière, symbole de virginité et de mystère, fut mise en vente par les garçons d'honneur.

Dans un joyeux chahut, les hommes donnèrent de l'argent pour que la robe de la mariée montât le plus haut possible, alors que les femmes en versaient afin qu'elle redescendît. Un vieil oncle, heureux veinard, finit par l'emporter et lui revint le privilège, et le plaisir, de retirer la jarretière de la cuisse de Victorine sous les regards envieux et les encouragements de l'assistance. Hector l'observait, et s'en amusait, le pécule amassé trouverait son usage rapidement. Ce rite accompli, les festivités se poursuivirent.

Aux premières lueurs du jour, les musiciens étaient gagnés par la lassitude, tandis que la jeunesse voulait continuer de danser. Les dernières notes éteintes, chacun retourna chez lui, harassé par une si longue journée.

L'inoubliable fête se prolongea le jour suivant. Au petit matin, les jeunes de la noce, toujours éveillés, mais un peu fatigués, s'en allèrent retrouver les mariés au lit. Ceux-ci avaient été hébergés chez une amie de la famille de Victorine. Un vase de nuit qui contenait un mélange de vin pétillant et de chocolat leur fut présenté et ils durent, à tour de rôle, goûter à la mixture peu ragoûtante. L'usage de la rôtie était respecté.

En fin de matinée, une bonne partie des invités furent de retour afin de finir les restes.

Le repas terminé, les jeunes jouèrent quelques farces. Entre autres, ils rassemblèrent tous les balais qu'ils purent trouver au domicile des parents de la mariée. Comme le voulait la tradition, ils en brûlèrent les manches, car il n'y en avait plus besoin pour chasser les galants indésirables. Victorine était la seule fille célibataire de la famille !

Ainsi s'achevaient deux mémorables journées…

3.

Les festivités oubliées, il était temps pour Victorine et son mari de poursuivre leur labeur quotidien. Avant leur union, les futurs époux étaient convenus de s'établir chez Joseph, le père d'Hector. Celui-ci exploitait avec un bail à métayage une fermette de la Touraine. À Neuillé-sur-Racan, l'exploitation dépendait du manoir perdu au milieu d'un immense parc situé à la limite de la commune. Les châtelains y résidaient toute l'année. Ils jouaient, auprès des habitants de la localité, le rôle de conseils et souvent d'écrivain public. Le progrès entrait en premier au château, et les propriétaires ne rechignaient pas à en faire bénéficier leurs fermiers ou leurs métayers.

L'âge et la solitude ne permettaient plus à Joseph d'assurer la production. Son fils se préparait à prendre la relève. La tâche allait être rude pour le couple, car les moyens manquaient. Le domaine n'était pas important et offrait tout juste de quoi survivre.

La fermette où les jeunes mariés venaient de s'installer était perchée sur une butte qui longeait la voie ferrée. Elle surplombait la gare de Neuillé-sur-Racan située à la sortie du village. Un raidillon permettait d'y accéder à pied depuis la route. Trop escarpé pour les vélos, ceux-ci restaient dans le fossé ou le long de la haie d'épines qui bordait le chemin. Pour Mouton, l'irremplaçable cheval attelé à la charrette ou au tombereau, il n'y avait pas d'autres solutions que d'effectuer un large détour pour parvenir à la seule construction de l'exploitation. Celle-ci était protégée par un énorme tilleul dont la branche principale servait de support à une balançoire, unique jeu de l'endroit.

Une grange, vestige de l'ancien domaine, juxtaposait le bâtiment principal qui ne comportait que deux pièces d'égales dimensions. Dans la première, une imposante table en bois, poussée le long du mur dans la journée, faisait face à l'indispensable cheminée allumée toute l'année. Dans le fond, le lit de Joseph se trouvait à côté de l'armoire qu'il avait reçue en cadeau de noces.

Il flottait les effluves des fromages de chèvre qui séchaient en hauteur sur les étagères. Dans un coin, le bac d'évier s'écoulait directement à l'extérieur dans la gamelle du chien de garde. Des bouteilles, de vin pour les deux hommes, de cidre pour Victorine, ainsi que des verres sales, garnissaient la table. Chaque membre de la famille avait son gobelet attitré. Le seul décor, hormis les nombreux rouleaux de papier tue-mouches qui descendaient du plafond, était le portrait de Joseph, en tenue militaire, qui trônait au beau milieu du mur. Non loin, était accroché un petit crucifix de laiton doré avec son brin de buis, modeste héritage que Victorine avait reçu après la mort de sa grand-mère.

La pièce d'à côté servait de chambre à coucher pour les jeunes mariés. Un lit, deux énormes armoires et une machine à coudre complétaient le mobilier. Certes, le confort était rudimentaire, mais tous s'y sentaient à l'aise et chacun trouvait sa place.

Toutes les parties annexes de la ferme avaient été creusées dans le tuffeau. L'écurie de Mouton, la réserve de maïs et de grains, l'étable avec les trois vaches, la soue à cochons, le pressoir, les caves… tout était excavé dans la roche. Une petite grange, qui servait d'abri aux deux chèvres et à la basse-cour, était adossée à l'arrière de la maison. Sa porte, faite de planches de bois maintenues par des traverses clouées, était si légère qu'on se demandait par quel miracle elle tenait.

Les premières années s'annonçaient pénibles pour les jeunes mariés qui, à force d'obstination et de sueur, réalisèrent quelques économies. Elles furent utilisées pour l'achat de bêtes supplémentaires et l'acquisition de nouveaux matériels qui faciliteraient le travail. Hector et Victorine n'étaient pas malheureux, leur amour réciproque leur donnait la force et le courage indispensables. Bien sûr, ils étaient en métayage, les bâtiments et les terres appartenaient au manoir. Avec beaucoup de ténacité et de sacrifices, le couple espérait, au fil des années, acquérir quelques parcelles qui seraient enfin à eux.

—

Ce relatif bonheur fut entaché par la disparition brutale de Clément, le père de Victorine.

Un matin, il profita de l'annonce de quelques jours de beau temps pour atteler Caramel, son lourd cheval de trait à la robe marron clair, et s'en aller faucher et faner une parcelle. La lune était favorable ! Trois jours furent nécessaires. Une fois le foin suffisamment sec, Clément décida de le rentrer au plus vite. Il ne voulait pas tarder, par crainte d'un changement de météo.

Pour éviter un voyage supplémentaire, la voiture fut remplie au-dessus des ridelles. Le valeureux Caramel peina à tirer le fardeau pour sortir du champ. Sur le chemin, sa tâche fut plus aisée. Le charretier marchait au côté de son percheron et l'abreuvait de paroles encourageantes. Une partie délicate à passer restait le sentier en surplomb, légèrement en pente. Il était très difficile au cheval de retenir le poids du chargement si bien qu'au dernier virage, malgré tous ses efforts, Caramel ne put maintenir l'équilibre précaire de la fourragère. Elle tomba en contrebas, entraînant la bête dans sa dégringolade. L'animal, une jambe brisée, ne pouvait se relever seul. Quant à Clément qui n'avait pas voulu lâcher les rênes, il se trouva engagé entre les roues. La chute était tellement catastrophique que toute la gerbière pesait sur sa poitrine. Le poids était insupportable et le père de Victorine fut secoué par des râles affreux et rauques.

À la ferme, un jeune saisonnier attendait leur retour afin d'aider au déchargement. Il s'inquiéta de l'inhabituel retard et décida de partir à la rencontre de l'attelage. Ce fut lui qui, le premier, découvrit le drame. Affolé, il courut au manoir à la recherche de secours. Sans tarder, quelques hommes se rassemblèrent et se dirigèrent vers le lieu de l'accident à la suite de l'ouvrier agricole.

Sur place, ils essayèrent de tirer le malheureux charretier de sa mauvaise posture, en vain. Il s'avéra impossible de le dégager autrement qu'en soulevant la voiture par le dessous. Pour cela, il fallait vider le chargement, ce que les renforts sollicités et vite arrivés s'empressèrent de faire. La fourragère remise sur ses roues, on ne put que constater la mort de Clément. Quant au pauvre Caramel, il n'y eut pas d'autre solution que de l'abattre.

—

Le corps de la victime fut ramené à la ferme. Ce fut au châtelain que revint la pénible corvée d'annoncer la terrible nouvelle à Henriette et sa fille.

Dans le bourg, on aperçut monsieur le curé partir donner le bon Dieu. Devant lui, un enfant de chœur tenait la croix et agitait une clochette d'argent. Au passage, les villageois s'arrêtaient de travailler, d'autres s'agenouillaient et se signaient. Tout le monde était déjà au courant.

À l'intérieur de la maison du défunt, des femmes du village, voisines ou proches, se relayèrent pour veiller le mort qui reposait dans sa chambre. Toutes parlaient à voix basse. Elles tentèrent de réconforter Victorine accourue sur place qui, très attachée à son père, fut durement éprouvée par cette tragédie.

Hector avait arrêté l'horloge et Victorine s'était chargée de voiler les glaces. Le jour même, le défilé des visiteurs commença. Près du lit, un récipient avec de l'eau bénite avait été déposé. Chacun aspergea le défunt avec un rameau de buis, avant de se signer. Puis ce furent de brefs instants passés à murmurer des patenôtres devant la dépouille avant de revenir à la cuisine où un café leur fut servi. Pas de phrases inutiles ni de mots superflus, tous prenaient conscience du vide que laissait le mort.

—

Les obsèques de Clément, auxquelles, à de rares exceptions, tous les adultes valides de Mezay-sur-Loire participaient, se déroulèrent dans un profond recueillement. De nombreux amis du disparu, remplis de chagrin, témoignèrent et apportèrent leur soutien moral à la veuve et à sa fille. C'était un mari et un père apprécié et tenu en estime.

L'heure de la cérémonie était arrivée. Henriette et Victorine suivies de la famille sortirent de la maison et s'alignèrent derrière la carriole à cheval qui transportait le cercueil. L'animal avait été étrillé avec soin et ses sabots noircis. Rien ne devait briller. Tout au long du trajet, des arrêts avec des prières furent respectés. Au fur et à mesure que l'on approchait de l'église, voisins et amis vinrent grossir le cortège. Les premières rangées se montraient recueillies. À l'arrière, c'était plus dissipé. On y parlait affaires… ou ragots.

Comme à chaque enterrement, les hommes se regroupèrent sur la place, à l'écart. Beaucoup ne rentrèrent pas dans le lieu saint, ils rejoindraient le convoi funéraire à la fin de l'office. Sur le seuil de l'église, le prêtre accueillit le corps du défunt et tout le monde en place célébra le culte des morts.

La messe dite, le corbillard traversa le bourg, tiré par le cheval noir, l'un des rares du village à avoir un pas lent et régulier. En un long défilé silencieux, tous se retrouvèrent au cimetière devant la fosse ouverte où dominait l'odeur de la terre fraîchement retournée. Le cercueil fut descendu avec lenteur et précaution afin que le malheureux reposât pour l'éternité. Les pleurs témoignaient de la peine que tous partageaient. Face à un destin aussi cruel, le silence et le respect s'imposaient.

L'inhumation terminée, beaucoup passèrent se recueillir sur la tombe d'un des leurs avant de présenter leurs condoléances. La cérémonie avait été très pénible pour la fille et le gendre de Clément. Victorine était inconsolable. Hector voyait les larmes rouler sur les joues de sa jeune épouse. Il aurait voulu essuyer le bord de ses yeux, mais il avait peur d'être maladroit. Il ne savait pas s'il devait lui parler. Il se contenta de serrer les doigts de sa femme au plus fort qu'il le pouvait.

À l'heure de la séparation, un grand nombre se retrouva au café pendant que la famille du défunt regagnait la maison mortuaire pour le traditionnel repas d'enterrement.

Après s'être lavé les mains, Hector remit la pendule en marche, Victorine retira les voiles des glaces et tous se mirent à table pour un déjeuner maigre.

Hector était bouleversé par la subite disparition de son beau-père. Les mots pour consoler son épouse étaient difficiles à trouver et peinaient à sortir. Pour Victorine, perdre son père de façon si atroce était insupportable. Pour elle, la vie devait continuer. Hector fit de son mieux pour alléger son chagrin et sa femme appréciait ses gestes de réconfort qui en disaient davantage que les paroles.

—

Pas le temps de s'apitoyer sur son sort, les journées de Victorine étaient bien remplies. Ses nombreuses tâches ne lui laissaient guère de loisirs. L'horrible drame n'était pas encore oublié lorsqu'une naissance s'annonça.

Pour le ménage, les mois d'attente commencèrent. À aucun moment, Victorine n'abandonna ses occupations journalières. La vie continuait à la ferme et la jeune femme devait poursuivre son travail comme si de rien n'était. Il y allait de son honneur.

Au moment où le couple fit part de l'arrivée du bébé pour février, les commères n'eurent pas besoin de compter sur leurs doigts pour s'apercevoir que la conception du bambin avait eu lieu avant le mariage. « Ce sera un prématuré ! » s'amusait à répondre Hector à celles trop curieuses.

Pour Joseph qui s'en était remis à la lune et au soleil, pas de doute, c'était un garçon ! Prédiction qu'il confirmait à la vue du teint mat de Victorine.

4.

Pour le couple, les journées se suivaient au gré d'une nature immuable. Tous les matins, la routine habituelle. À la première sonnerie stridente du réveil, Hector repoussait l'édredon et s'asseyait quelques instants au bord du lit. Cette courte pause lui était nécessaire pour l'aider à sortir du sommeil.

Depuis quelques semaines, le père d'Hector n'était plus le premier levé, comme il avait toujours mis un point d'honneur à le faire. Joseph paressait, le temps que le jeune couple se préparât.

Chaque matin, les premiers gestes d'Hector étaient de traverser la pièce, ouvrir les deux battants de la porte et, sans s'éloigner, uriner au grand dam de Victorine qui, inlassablement, lui répétait qu'il pouvait aller plus loin. La vessie vidée, Hector rentrait ranimer le feu qui crépitait doucement dans la cheminée. Pendant ce temps, sa femme se levait à son tour et s'habillait avant de se laver le visage et les pieds dans l'eau de la bassine qu'elle avait tirée du puits la veille au soir. La nuit avait permis que le liquide fût moins froid. Ces gestes rituels de chaque jour et ces habitudes étaient installés. Rien ne pouvait les faire changer.

Avec la Chandeleur, la grossesse de Victorine approchait de son terme. Un matin, la future mère ressentit les premiers signes de la délivrance. Hector, désemparé, envoya son père chercher de l'assistance auprès d'une voisine. L'accouchement était l'affaire des femmes. Hector et Joseph furent relégués dans la cuisine. La sage-femme n'était pas arrivée que le bébé poussait déjà ses premiers cris. Il ne faudrait pas longtemps avant que Victorine, faisant fi des quarante jours, quitte son lit et reprenne son travail à la ferme. Joseph, quant à lui, paradait, sa prophétie se trouvait confirmée.

Pour faire plaisir à Victorine, et surtout à la grand-mère maternelle qui voulait prémunir le nouveau-né contre les limbes où erraient les âmes des enfants morts sans le sacrement, le petit fut sans tarder baptisé et prénommé Albert. Marcel Boulay, ami du couple et maire du village, déclina la proposition de parrainage, prétextant être trop âgé. La véritable raison était qu'anticlérical convaincu, il ne se voyait pas créer une parenté spirituelle entre le baptisé et lui. Touché tout de même par l'offre, il se promit d'agir en toutes circonstances pour le bien du petit Albert.

La gelée du matin n'avait pas arrêté les rares membres de la famille présents à la cérémonie. La voisine qui avait aidé à l'accouchement était également de la fête. Victorine, qui n'était pas encore relevée de couches, était restée à la Chancelière. Elle n'aurait pas pu entrer dans l'église ! Le service religieux fut bref, l'acte de baptême signé par le curé en poche, Hector et Joseph rentrèrent sans même passer, comme il était de tradition, par les deux auberges du village. À la maison, un repas à la fortune du pot était prévu.

—

Chaque nuit, le sommeil de Victorine était entrecoupé par une tétée, quant aux journées, elles étaient longues, car en plus de son travail habituel, elle devait assurer les soins du bambin. Par chance, Albert était un gros dormeur !

La matinée de Victorine commençait de bonne heure par la traite des vaches. Cette tâche terminée, elle allait conduire les bêtes dans un pré situé à deux ou trois cents mètres à vol d'oiseau. Cependant, la ligne de chemin de fer obligeait Victorine à un détour qui portait la distance à près de trois kilomètres. Vu la vitesse des animaux, le trajet prenait du temps, en particulier le soir où les pis étaient gonflés.

Encore fallait-il éviter la fermeture du passage à niveau qui compliquait la situation. La fermière emportait Albert sur son dos.

En fin d'après-midi, dès le retour des vaches et le début de la seconde traite de la journée, de nombreux habitants du bourg, surtout des enfants, affrontaient le raidillon avec leur laitière, afin de s'approvisionner en bon lait tout chaud.

Les produits de la Chancelière étaient réputés. Les chauffeurs et les mécaniciens des imposantes locomotives à vapeur de la ligne Tours–La Flèche venaient, en coupant les voies à l'occasion d'une longue halte, acheter volailles, œufs ou encore les fameux fromages de chèvre, fierté de Victorine. Des liens d'amitié s'étaient noués, si bien que chaque fois qu'ils passaient sans s'arrêter, ils ne manquaient jamais de saluer la maisonnée de plusieurs coups de sifflet à n'en plus finir.

Pour toute la famille, la vie était difficile, mais personne ne se plaignait. Hector, aidé par son père, ne rechignait jamais à la tâche. Les besognes les plus rudes leur étaient réservées. Chacun avait son travail. À Victorine revenait, dès son retour des prés, la responsabilité de la basse-cour et des cochons. Les lourdes corvées étaient assurées par Hector. Quant à Albert, à six ans, il s'était vu confier la garde du troupeau de chèvres. La pâture était isolée au milieu des bois, loin de la ferme. Pour y accéder, le chemin était tortueux et parfois le garçon n'en menait pas large.

Seul le dimanche apportait un peu de répit au ménage. Le matin, les vaches restaient à paître à proximité sous la surveillance de Victorine. À midi, les bêtes étaient enfermées dans un petit enclos, ce qui permettait à tous de profiter, en famille, d'un court après-midi de repos, car la traite du soir arrivait vite.

Le maire du village, Marcel Boulay, s'était pris d'affection pour la famille Meunier et il ne se passait guère de jours sans qu'il ne vînt leur rendre visite.

5.

Né à la moitié du XIXe siècle, Marcel Boulay habitait dans une maisonnette du centre-bourg dont il venait de faire l'acquisition. Auparavant, il avait occupé, pendant de nombreuses années, un modeste logement de deux pièces au premier étage de la maison commune dont le rez-de-chaussée abritait la mairie et les écoles publiques. De la fenêtre de sa chambre, Marcel pouvait voir l'église et le cimetière qui la bordait. Il avait été affecté à cet établissement scolaire dès son premier poste. Ainsi il avait eu comme élève le père d'Albert. Hector avait effectué ses deux dernières années de scolarité dans la classe de monsieur Boulay. À douze ans, au grand regret du maître, il avait quitté ses camarades pour être placé dans une ferme.

Depuis quelques années, Marcel Boulay assurait en plus la fonction de directeur de l'école et maire de Neuillé-sur-Racan. Il gardait en mémoire ses débuts comme enseignant lorsque cinq ou six robustes tables en chêne occupaient la salle des garçons dans toute sa longueur. Là étaient entassés les grands, ceux qui écrivaient. Les autres, aussi nombreux, étaient assis sur des bancs le long des murs. L'hiver, Marcel devait venir avant huit heures dans sa classe afin de mettre le poêle en chauffe pour que les élèves travaillassent dans de bonnes conditions dès le début des exercices. Lui seul pouvait se charger d'allumer le feu et d'en régler l'entretien. La température de la pièce ne dépassait pas seize degrés, qu'importe, les écoliers se rapprochaient du fourneau !

L'été, c'était différent, la salle de cours restait déserte. Lorsqu'en 1881, l'on avait ordonné d'ajouter des tables, la municipalité de l'époque avait, dans un premier temps, refusé. Marcel Boulay, d'habitude si réservé, était entré dans une telle colère que le maire et son équipe avaient fini par céder.

De taille moyenne et plutôt rondouillard, Marcel Boulay était un homme d'une extrême modestie. Son visage rond respirait la bonhomie. Il gardait ses cheveux gris sel coupés très court et ses yeux d'un bleu doux achevaient de le rendre sympathique. Il se dégageait de sa personne un mélange de douceur et d'autorité. Sa façon de regarder ses interlocuteurs sans ciller, mais avec bienveillance, imposait le respect avant même qu'il n'eût prononcé une parole. Resté célibataire, il consacrait son existence au service des autres. Passionné par la politique, il aimait expliquer et commenter les événements. La famille Meunier était son auditoire préféré.

Marcel demeurait profondément anticlérical et antimilitariste, et ne s'en cachait pas. Seuls ces deux sujets le faisaient sortir de ses gonds. Il savait, si nécessaire, se contenir et était apprécié dans son village. Il était d'un dévouement inlassable et la population de Neuillé-sur-Racan lui avait naturellement renouvelé sa confiance. Avec sa bonhomie habituelle, il était écouté et respecté, tant par ses élèves que par ses administrés.

6.

Les années passèrent, immuables. À force de travail, le couple Meunier avait pu agrandir le cheptel, en particulier les chèvres, dont les délicieux fromages de Victorine faisaient le bonheur des habitants de Neuillé-sur-Racan.

Albert, comme les enfants de son âge, avait dû quitter le logis familial pour accomplir sa première rentrée des classes. Malgré la tristesse et la froideur de la pièce, il avait eu, dès le départ, le sentiment qu'il allait s'y plaire. Quelques écoliers débutants, à peine le seuil franchi, avaient été pris d'un accès de mélancolie et de crainte, et avaient contracté une sorte de dégoût de l'école que certains conserveraient.

L'austérité du mobilier scolaire, de couleur sombre et le tableau noir convenaient mieux à la cellule d'un cénobite qu'à des garçons de sept ans.

Tous avaient reçu un carnet unique pour les matières principales ainsi qu'un pour le dessin et un autre pour l'écriture. Le premier jour, ce fut avec joie qu'Albert s'appliqua à tracer son nom sur la couverture, avant d'écrire sur une belle feuille blanche, lisse, sans cornes, ni taches, ni empreintes de doigts !

Chaque rentrée scolaire, tous les enfants éprouvaient devant leurs nouveaux cahiers, le désir de les conserver en parfait état, qu'ils fussent plus soignés que les précédents, hélas, ces bonnes résolutions s'envolaient dès l'apparition des premières bavures, du premier devoir mal fait.

En fin de semaine, Albert se faisait une fierté de montrer son travail à ses parents. Le contrôle d'Hector et Victorine se réduisait à surveiller l'écriture et la propreté. En revanche, à chacune de ses visites, Marcel Boulay ne manquait jamais de demander à voir les exercices.

Comme pour ses camarades de cours, la mémoire d'Albert était mise à rude épreuve. Tout s'apprenait par cœur, mais le garçon était curieux et prenait plaisir à s'instruire.

Albert avait fréquenté avec régularité l'école primaire du village. Seuls les gros travaux qui nécessitaient sa présence aux champs l'avaient obligé à rater quelques journées. Depuis qu'il était dans sa classe, le directeur ne lui en avait jamais fait le reproche.

L'année de ses douze ans, Albert avait été l'un des rares enfants à ne pas effectuer sa communion solennelle. Son père, encouragé par son ancien instituteur, n'y tenait pas et, pour cette fois, Victorine n'avait pas obtenu gain de cause. Marcel, imprégné des idées républicaines, manifestait au grand jour son anticléricalisme.

—

En février, Albert avait fêté ses quatorze ans. Sans frère ni sœur, il restait l'unique héritier de la famille Meunier. Depuis sa douzième année, son père lui avait aménagé un petit coin dans la seule chambre de la maisonnette. Un paravent construit de bric et de broc lui permettait de s'isoler. Le garçon devait se contenter d'un matelas posé à même le sol. Quant aux devoirs, il n'avait d'autre choix que de les faire à la table de cuisine, quoiqu'encombrée en permanence.

Dès qu'il avait avancé en âge, il s'était vu confier, chaque jour, le soin des porcs avec en plus, le jeudi et le dimanche ainsi que les vacances scolaires, la conduite des vaches aux prés. Dans le village, tout le monde s'amusait de l'apercevoir, un bâton à la main, mener les bêtes. Albert avait davantage peur des cochons que de ses charolaises. Dès son entrée dans la soue, le gamin s'emparait d'une fourche. Il ne s'en servait jamais, mais elle le rassurait.

Cet été de 1913, parmi les villageois de Neuillé-sur-Racan, les discussions allaient bon train depuis la promulgation de la loi qui venait de porter le service armé à trois ans. « On a bien fait d'en avoir terminé avec notre devoir militaire ! », se félicitaient beaucoup de jeunes hommes du pays.

À cent lieues de toute cette agitation, Albert achevait une brillante année scolaire. À douze ans, son père avait voulu qu'il quittât l'école pour être placé dans la grande ferme à proximité du bourg. Victorine, soutenue par Marcel Boulay, était parvenue à tenir tête à Hector. Pour la communion, Victorine avait été contrainte de se plier à l'avis de son mari, alors pour la poursuite de la scolarité, elle ne céderait pas. C'est ainsi qu'Albert avait pu continuer jusqu'au certificat d'études dont il s'apprêtait à présent à affronter l'examen.

Monsieur Boulay l'accompagnerait le jour de l'épreuve. L'instituteur mettait beaucoup d'espoir dans la réussite d'Albert, son meilleur élève. Celui-ci ne lui avait-il pas déclaré que, plus tard, il voulait enseigner comme lui ?

Depuis quelques mois, Marcel Boulay tentait, de nouveau avec insistance, de convaincre Victorine, mais surtout Hector qu'Albert devait poursuivre sa scolarité. Faute d'arguments, Hector se contentait de rétorquer : « Qu'il passe d'abord son certif. » Quant à Joseph, témoin des conversations entre Marcel Boulay et son fils, il se gardait de piper mot. À l'époque, lui non plus n'avait pas permis à Hector de continuer au moins jusqu'au certificat d'études. Aujourd'hui, le père d'Albert l'avait oublié, mais, à ce moment-là, il en avait voulu à son paternel.

Cette journée d'examen, tant attendue, arriva. Albert, dans ses habits du dimanche, se montra intimidé et inquiet. L'évaluation se déroulait à Saint-Christophe-l'Escotais, chef-lieu de canton, et il n'avait pas, au contraire de certains, un long déplacement à effectuer. Le directeur, aidé en cela par quelques fermiers, avait réquisitionné plusieurs voitures attelées légères pour emmener les élèves. Marcel Boulay ouvrit la route à ce curieux cortège avec Jules, son petit cheval noir dont il avait choisi le nom. En hommage à Jules Ferry ?

La brume matinale s'était dissipée, laissant la place à un soleil radieux. La journée s'annonçait belle. L'odeur des foins, fraîchement coupés, accompagnait les candidats qui, pour une fois, ne disaient mot.

Durant tout le trajet, Albert écouta les ultimes conseils prodigués par le maître, si bien qu'à l'arrivée, il était prêt pour aborder les différentes matières. Une grande volonté l'animait. Avec une courte pause à midi, les épreuves se déroulèrent pour le garçon sans difficulté particulière. Dès la fin de l'examen, il retrouva ses camarades dans l'attente du verdict. Pour patienter, ils comparèrent leurs exercices grâce aux brouillons conservés comme des reliques.

Le lendemain, à la publication des résultats définitifs, monsieur Boulay annonça à Albert qu'il était reçu premier du canton, place fort honorable. Il fut mis à l'honneur à la traditionnelle cérémonie de la distribution des prix. Ses parents y assistèrent au côté de Marcel Boulay qui officiait à plusieurs titres : instituteur, directeur de l'école et maire du village.

Il allait être temps pour Albert d'envisager son avenir…

—

Sur les conseils et l'insistance de l'instituteur, les parents d'Albert accédèrent au désir de leur fils : devenir enseignant. Après d'interminables discussions animées, ils acceptèrent l'effort financier que représentait la poursuite de la scolarité de leur fiston. Avec ténacité, Victorine, convaincue par le maire dès les premiers jours, finit par faire partager son point de vue à son mari.

À la rentrée, Albert serait interne à l'École Primaire Supérieure de Saint-Christophe-l'Escotais.

Lorsqu'un soir, au cours du dîner, son père lui annonça l'heureuse nouvelle, les petits yeux d'Albert s'agrandirent d'étonnement. Il se rendait compte que cette inscription au cours complémentaire priverait le foyer du substantiel revenu d'appoint qu'aurait rapporté son placement en ferme. La plupart de ses camarades aidaient aux travaux agricoles au sein de la métairie familiale, les autres étaient engagés dans une exploitation ou chez des patrons du bourg. Rares étaient ceux qui, tout comme lui, continueraient la classe.

Poursuivre les études causerait des dépenses supplémentaires pour ses parents. Le maire avait entrepris des démarches afin d'obtenir un petit coup de pouce pécuniaire qui s'ajouterait à la somme qu'il avait promise à la famille Meunier. « Célibataire, sans gamin, je peux le faire », avait-il objecté au couple. Dans un premier temps, la mère, mais surtout le père d'Albert, avait refusé cette proposition, avant de se raviser devant les arguments imparables de Marcel.

7.

Albert était un enfant solitaire, tout en contraste. Sa voix fluette détonnait par rapport à son impressionnante stature et son poids proche de l'obésité. Mais cela ne le chagrinait en rien, même devant les moqueries de ses camarades. Il avait sur le sommet du crâne un épi de seigle, comme disait son coiffeur avec fatalisme, qu'aucun peigne ni brosse ne parviendraient à dompter. Choyé par sa mère, le garçon avait hérité du calme et de la gentillesse de son père, ce qui le faisait accepter de tous.

Dès son plus jeune âge, Albert s'était pris d'affection pour son grand-père, qui la lui rendait bien. Joseph donnait, dans la mesure de ses possibilités, des coups de main pour les travaux des champs et continuait de partager la vie du couple.

Sitôt que le garçonnet avait quelques instants de libres, il restait de longs moments à écouter son aïeul narrer le récit de sa jeunesse. Le vieil homme aimait raconter qu'il avait quitté, pour quelque temps, la ferme familiale afin de travailler à Paris. Républicain convaincu, il s'était rallié à la résistance des ouvriers typographes qui avaient déclenché l'insurrection parisienne contre les ordonnances. Cette émeute s'était transformée en révolution et avait renversé la monarchie de Juillet. Pour la grande joie d'Albert, Joseph relatait cet épisode historique avec moult détails qui changeaient selon son humeur. La version quant à sa propre implication variait à chaque récit. Albert, enthousiaste, l'écoutait avec attention, sans jamais oser l'interrompre ni le contredire.

À Mezay-sur-Loire, Henriette, la grand-mère maternelle qu'Albert n'avait connue qu'habillée de noir, se laissait glisser peu à peu hors de la vie. Elle ne s'était jamais remise de la disparition tragique de Clément, son mari, avant la naissance de son petit-fils.

Hector lui avait proposé de l'accueillir à la Chancelière où pourtant la place manquait, mais elle avait refusé tout net. La soixantaine passée, elle en paraissait vingt de plus. Un beau matin, inquiet de ne pas voir ses volets ouverts, un voisin, qui empruntait le chemin longeant sa maisonnette, força la porte d'entrée. Il trouva la pauvre vieille, sans connaissance, recroquevillée sur le sol de sa cuisine. Il se rendit vite à l'évidence, la malheureuse n'était plus.

Les jours qui suivirent, Albert fut peiné de constater le chagrin éprouvé par sa maman. La disparition de cette grand-mère qu'il ne fréquentait guère, sans le laisser indifférent, ne suscitait pas chez lui une tristesse insurmontable.

Le sort n'allait pas tarder à le frapper plus douloureusement.

8.

Albert et son grand-père aidaient à la préparation des brasiers pour la Saint-Jean qui se déroulerait le lendemain. À Neuillé-sur-Racan, comme dans toutes les campagnes, on s'apprêtait à célébrer le solstice d'été et rendre hommage au soleil, en allumant de grands feux de joie. La chaleur était accablante cet après-midi-là alors qu'il fallait des heures de branle-bas pour que la fête fût réussie.

Dans la matinée, Joseph eut besoin de souffler un peu. Après la pause déjeuner, bien que l'ouvrage ne fût pas terminé, il prévint son petit-fils qu'il rentrait à la Chancelière se reposer. Le garçon s'en étonna, ce n'était pas dans les habitudes de son aïeul d'abandonner une tâche en cours. Depuis le matin, tous les deux aidaient au transport des fagots qui, cet hiver, avaient été sélectionnés, coupés et rangés dans le but de composer la pyramide qui se dresserait au beau milieu de la place. Les faisceaux étaient assemblés et, malgré une main-d'œuvre nombreuse, il y avait de quoi faire avant que le mât pointât bien haut.

Vers dix-huit heures, le travail touchait à sa fin. Inquiet, Albert n'attendit pas et se dépêcha de retourner à la Chancelière. Depuis le départ de son grand-père, un mauvais pressentiment lui serrait les tripes. Le raidillon fut gravi à toutes jambes. Lorsqu'Albert déboucha sur la terrasse, il aperçut le petit cheval du docteur qui gagnait la fermette par l'allée qu'empruntait Mouton. Le garçon se précipita vers la maisonnette, mais sa mère, qui devait le guetter, sortit pour lui interdire l'entrée :

— Pépé n'est pas en forme, on attend le toubib, lui dit-elle.

— Il arrive, répondit Albert la gorge nouée en montrant le chemin. C'est grave ?

— On ne sait pas.

La carriole du praticien pénétra dans la cour.

— Albert, tiens-moi Pompon, demanda le docteur en désignant son petit cheval noir.

Le garçon s'empressa de saisir la sangle que le médecin lui lançait tout en sautant de la voiture pour s'engouffrer dans l'habitation.

Albert trouvait le temps long et parlait à Pompon pour tromper son impatience. Pas moyen de savoir ce qui se passait à l'intérieur jusqu'à ce que sa mère sortît et courût vers lui en pleurs :

— Pépé vient de partir au ciel.

Une masse s'abattit sur la tête d'Albert. Incrédule, il ne pouvait concevoir que son grand-père ne serait plus à ses côtés.

Cette année 1913, Albert ne fêterait pas la Saint-Jean. Il ressentit cette disparition telle une terrible injustice. La rentrée se ferait sans que Joseph soit près de lui comme il l'avait promis.

—

Bien qu'accaparé par ses multiples tâches, Hector n'était pas indifférent aux péripéties du monde. Il appréciait l'avis de Marcel Boulay qui continuait de tenir en estime le couple Meunier, travailleurs et bons parents.

À l'aube de ce second semestre 1913, plusieurs événements semblaient inquiéter Marcel Boulay. Ainsi, il expliqua à Hector qu'au mois de juillet, l'état-major allemand avait obtenu que le nombre d'hommes de l'armée active fût augmenté de façon significative. Ce que Marcel ignorait encore c'était qu'en octobre, le Kaiser Guillaume II annoncerait à son chancelier qu'un conflit entre l'Est et l'Ouest était inévitable à la longue et que, quelques jours plus tard, il déclarerait au roi Albert Ier de Belgique que la guerre contre la France ne pouvait pas être empêchée… Marcel s'était donc fait prophétique quand, péremptoire, il avait laissé échapper : « Je te le dis, Hector, tout cela n'augure rien de bon. »

Au cours de leurs discussions, le maire ne manquait jamais une occasion d'évoquer l'avenir d'Albert. Hector et Victorine étaient conscients des sacrifices qu'il leur faudrait consentir pour que leur fils poursuivît des études. Ils ne pouvaient souhaiter pour leur garçon qu'une vie plus facile que celle qu'ils connaissaient. « Pour cela, ne cessait de marteler Marcel Boulay, il n'y a que le savoir qui permet d'avoir une belle situation.

— Et le boulot ! tenta de plaider Hector.

— Bien sûr, l'instruction… et le travail ! » conclut le maire qui ne voulait pas en démordre.

—

Malgré sa période de deuil et les travaux des champs, Victorine devait se consacrer à la préparation du trousseau pour son fils. Au début du mois d'août, alors que les moissons étaient terminées, Albert, accompagné de ses parents, prit le train à destination de Tours. Cette sortie exceptionnelle avait pour but l'achat du costume règlementaire pour l'internat. Ils se rendirent à l'enseigne de La Belle Jardinière comme le recommandait le courrier du directeur joint à la liste des vêtements et fournitures nécessaires.

Dans le magasin, Albert accepta la suggestion maternelle d'essayer la taille destinée, en principe, aux troisième année. D'être le plus grand le mettait mal à l'aise. Victorine ne cessait de prendre à témoin toutes les employées de la boutique : « Qu'il est beau ! mon garçon », ce qu'approuvait du regard son mari. La capote traditionnelle des collégiens fut envisagée, mais devant le surcoût, il se contenterait d'une simple pèlerine à capuche. En ce qui concernait les cours, l'acquisition d'une blouse gris foncé restait obligatoire. Albert n'aimait guère jouer au mannequin, pourtant il se soumit aux divers essayages. Il accepta, sans rechigner, d'enfiler, quitter puis renfiler les vêtements que lui présentait la vendeuse. Les emplettes touchaient à leur fin. Albert, qui était tout sourire quelques instants plus tôt, grimaça en coiffant la casquette bleu marine avec écusson qu'il lui faudrait mettre lors des sorties des internes. Le garçon était habitué, depuis l'âge de huit ans, au béret qu'il portait vissé en permanence sur la tête. Son père fit remarquer qu'avec ce nouveau couvre-chef, il ressemblait au chef de gare de Neuillé-sur-Racan. Si la comparaison amusa Victorine, elle ne provoqua pas de rire chez Albert.

Les achats réglés, tous les trois se rendirent à la quincaillerie située au cœur de la ville. Ils devaient, pour compléter la liste, procéder à l'acquisition d'une petite boîte métallique qui fermait à clé et recevrait les provisions, surtout du chocolat, que Victorine et Hector ne manqueraient pas de pourvoir.

La famille reprit le chemin de Neuillé-sur-Racan non sans qu'Hector ne se procurât le dernier numéro de *La Touraine républicaine*. Il ne lisait cet hebdomadaire qu'en de rares occasions et dévora, pendant le trajet retour, les quatre pages sans omettre la moindre ligne, ni même la publicité !

—

La rentrée des élèves était fixée au lundi vingt-neuf septembre. Tout le reste de l'été, Albert ne quitta guère le domicile familial. Lorsque les vaches et les cochons lui laissaient un peu de temps libre, il s'absorbait dans la lecture. Il dévorait les revues, les journaux, mais par-dessus tout, les romans que lui procurait son instituteur. Depuis plusieurs jours, comme tous les Français, il se passionnait pour l'exploit de l'aviateur Roland Garros qui venait de réaliser la première traversée de la Méditerranée en avion.

La mare, où Albert aimait attraper les grenouilles, ne l'attirait plus. Il appréhendait la nouvelle vie qui l'attendait. L'angoisse de cette première longue séparation d'avec son père et sa mère le tenaillait. La peine que lui causait l'absence de son grand-père meurtrissait son corps de douleurs mal cicatrisées. Les interminables balades en vélo et les parties de pêche dans le ruisseau en compagnie de ses camarades se faisaient rares.

« Si pépé était là, il saurait me rassurer… », songeait-il à l'approche du grand jour…

9.

Le lundi tant attendu arriva. Albert avait mal dormi, la journée s'annonçait pleine de découvertes et d'imprévus. La matinée s'étirait sans fin pour le futur interne, réveillé de bonne heure. Lorsque treize heures sonnèrent, il endossa le bel uniforme acheté à Tours dont les boutons jaune doré brillaient avec intensité. Il était paré avec sa casquette ornée de l'insigne de l'école, en place sur sa tête. Depuis la veille, ses effets étaient prêts et trônaient au beau milieu de la cuisine. La boîte en métal avait été remplie de gâteaux secs, chocolat et confitures par Victorine. Toute la matinée, sur le pas de la porte d'entrée, Albert s'imprégnait une dernière fois des odeurs de cette campagne qu'il aimait tant. Les marrons mouillés et leurs coques éclatées de septembre allaient lui manquer. Ses parents l'accompagnèrent jusqu'à la gare. Hector poussait la petite charrette sur laquelle avait été chargé le volumineux bagage. Seule Victorine prendrait le train avec son fils. Sur le quai, ils retrouvèrent Marcel Boulay venu encourager son protégé. Pas de temps pour les effusions, la locomotive était sur le point de stopper pour un bref arrêt.

Le voyage ne dura pas longtemps. Arrivé à Saint-Christophe-l'Escotais, Albert constata, dès la descente du wagon, la présence rassurante de nombreux enfants revêtus du même uniforme que le sien. Il fit à pied, avec entrain, le trajet vers l'établissement scolaire situé en plein cœur du bourg. Albert appréciait l'aide de sa mère pour le transport de la lourde valise. Le parcours n'était pas long, mais le poids du bagage le rendit pénible.

Comme le précisait le courrier de préinscription, le jeune Meunier était attendu à quinze heures dans le bureau de monsieur Morin, le chef d'établissement. L'accueil ne fut guère chaleureux. Le directeur se contenta de rappeler que toutes les consignes étaient notées dans le règlement intérieur reçu avec le dossier d'admission. Victorine regrettait l'absence de Marcel Boulay. Lui, il aurait su poser les questions qu'elle n'osait pas formuler.

Sans se préoccuper si ses interlocuteurs avaient quelques interrogations, monsieur Morin se leva pour signifier la fin de l'entretien qui n'avait duré que quelques minutes. « Vous verrez, l'internat lui forgera le caractère », assura-t-il à la mère d'Albert en se dirigeant vers la sortie. Devant le mutisme de Victorine et de son fils, il tenta de tranquilliser ce dernier : « Tu vas te faire plein de camarades. » Pour conclure ce qui n'avait été qu'un monologue, il ajouta une unique consigne : « Travail et Obéissance. » Le ton était donné. Sans prendre la peine de tendre la main à Victorine, il tint à lui préciser : « Tous les parents doivent avoir quitté les lieux à dix-sept heures. »

Sans un mot, la mère et le garçon sortirent du bureau et retrouvèrent un surveillant qui les dirigea vers le dortoir des première année situé au premier étage.

Une étiquette avec le patronyme de chaque élève était collée sur le montant métallique du pied de lit. Victorine et Albert scrutèrent chaque nom jusqu'à trouver l'endroit attribué au nouveau pensionnaire. Victorine montra à son fiston comment faire son lit et ranger ses habits à l'intérieur de son casier.

Dans le couloir, des anciens de deuxième et troisième année lancèrent au passage des : « Pleure pas, tu reverras ta mère ! » ou encore : « Salut la bleusaille ! » Albert n'y prêta guère attention. Avant de partir, le surveillant lui indiqua une sortie, à l'extrémité du dortoir. Elle donnait sur les toilettes. Le nouveau pensionnaire s'y rendit et découvrit le long du mur une rangée d'urinoirs en émail qui, à l'origine, avait dû être blanc ! L'endroit était vétuste. Au fond, les cabines fermées par un panneau en bois n'avaient plus de verrou. Dans l'une des portes, il y avait un petit trou, legs des anciens. Tous connaissaient l'existence de ce trou. Tous, sauf les nouveaux.

Albert appréhendait l'heure fatidique de la séparation. De retour à sa place, le lit fait, les affaires rangées avec soin, tout était en ordre. Victorine avisa son fils que l'heure du départ approchait. Le train n'attendrait pas. Albert la raccompagna jusqu'à l'entrée de l'établissement. Par crainte d'être raillé par les autres pensionnaires, il s'abstint de saisir la main maternelle, comme il en avait envie. Victorine s'arrêta avant la sortie, prit son garçon dans ses bras et l'embrassa avec toute l'affection qui la liait à lui. Les yeux d'Albert étaient mouillés. Il ne vit pas ceux de sa mère qui brillaient, troublés par les larmes qu'elle s'efforçait de retenir. Victorine s'éloigna avant d'adresser une dernière recommandation à son fiston : « Sois sage et travaille bien. »

Le nouvel interne en avait gros sur le cœur. Sa vision se brouillait. Il rejoignit son dortoir et s'assit au pied de son lit. Des persiflages fusèrent par la porte grande ouverte « Eh ! la grosse, maman est partie ? » Albert fut tout retourné. Il lui était arrivé, à l'école primaire, que l'on ironise sur son poids, mais jamais personne ne l'avait appelé la grosse. Il avala avec peine la boule coincée au fond de sa gorge.

La fin de l'après-midi, il resta dans le dortoir où il fit la connaissance de celui qui allait devenir son voisin de chambrée.

Louis Girard était un garçon frêle, vif comme un oiseau. Les deux adolescents sympathisèrent. Ils comprirent qu'ils devraient s'épauler l'un l'autre. Bien qu'il habitât Saint-Christophe-l'Escotais, Louis avait choisi d'être interne pour poursuivre ses études. Avec une sœur, plus jeune d'une année, il était élevé par sa mère seule. Celle-ci, veuve d'un officier, avait déménagé de nombreuses fois au gré des affectations de son mari. Pour cette raison, il n'avait jamais noué de véritable amitié avec un camarade. Habitué à une éducation stricte, Louis, au contraire d'Albert, ne redoutait pas la vie de pensionnaire. Fort de ses expériences passées, il serait à même de rassurer son nouvel ami pour qui c'était la première nuit hors de chez lui.

—

À dix-neuf heures précises, la cloche sonna. Le surveillant général ordonna le rassemblement de tous les pensionnaires dans la cour. Les deux nouveaux copains s'exécutèrent et se retrouvèrent devant le réfectoire. Un pion commanda à tout le monde de se mettre en rang par deux et fit l'appel. À l'énoncé de son nom, la sempiternelle remarque fusa de la part d'un interne de dernière année : « Meunier, tu dors ? » La menace d'une punition collective ramena le silence.

Les anciens toisaient les bleus, plusieurs quolibets s'élevèrent, réprimandés aussitôt par le surgé. À l'intérieur, monsieur Morin attendait, la liste des élèves à la main, afin de les regrouper par classe. Albert craignait qu'un nouvel appel fût fait, ce qui ne manqua pas, mais cette fois la présence du directeur suffit à rendre tout le monde muet. Les deux amis se trouvèrent à la même table. Un coup de sifflet permit de s'asseoir. Albert, guère difficile sur la nourriture, avala sa soupe dans un silence absolu. Louis grimaça et offrit en cachette un petit rab à son camarade. Le dîner terminé, les anciens quittèrent le réfectoire les premiers, le chef d'établissement s'adressa aux nouveaux arrivés avec solennité : « Messieurs, je vous précise les règles de fonctionnement de l'internat. Afin que vous assimiliez tous les horaires, je commence par le lever jusqu'à l'heure de votre premier cours : vous serez réveillés par la cloche à six heures... »

Quelques murmures de réprobation s'élevèrent.

« Taisez-vous ! » gronda monsieur Morin. Le silence retomba. Le directeur enchaîna : « Vous vous vêtirez sommairement et, avant de vous rendre au lavabo pour vous débarbouiller, vous prendrez soin de découvrir votre literie afin qu'elle s'aère. Vous consacrerez une demi-heure à votre toilette. Le repas du matin est servi à sept heures moins le quart. À sept heures et quart, vous remonterez faire votre lit. À partir de sept heures vingt et jusqu'à huit heures, vous assurerez le nettoyage des dortoirs et des classes. Chaque semaine, un tableau vous indiquera la tâche qui vous incombe. À huit heures précises, vous serez alignés devant la porte de votre salle de cours après être passés par la chausserie afin de récupérer vos souliers. Voilà. Demain à midi je vous donnerai la suite. Des questions ? »

Personne ne broncha. Agglutinés aux fenêtres, les anciens, un petit sourire au coin des lèvres, regardaient la réaction des nouveaux. Inquiet, Albert se tourna vers Louis qui murmura : « Ben, mon colon, ça me rappelle mon père ! »

Le directeur quitta le réfectoire, le surveillant enjoignit une sortie en ordre. Parvenus sous le préau, trois grands s'approchèrent des deux garçons. À la tête du groupe, Maurice Robin, surnommé Momo, élève de troisième année, était suivi de ses deux acolytes, Hector et Ernest, ou plutôt Totor et Nénesse. L'air hostile, Momo s'adressa à Albert :

— Dis donc, la grosse, tu as sûrement des gourmandises dans ton casier ? Demain matin, tu en apportes pour moi et mes potes, sinon je te saigne !

La riposte de Louis fut immédiate. Malgré son gabarit, il voulut s'interposer :

— Ne fais pas chier !

— Toi, la puce, ferme ta goule ou je t'écrase, lança Maurice tandis que ses deux complices commençaient à bousculer Albert qui, déconcerté, ne réagissait pas.

— Laissez tomber, les gars, ordonna Maurice.

Sur un signe, les trois compères s'éloignèrent de quelques pas. Momo s'arrêta, se retourna et montra un poing menaçant :

— N'oublie pas, la grosse, à demain !

Albert avait reconnu l'interne qui s'était moqué de lui dans le dortoir cet après-midi-là. De toute évidence, c'était lui le chef de la bande. Les deux camarades restèrent seuls, désemparés. Albert se sentait mal à l'aise, il n'osait avouer à son nouvel ami qu'il ne s'était jamais bagarré. Louis, plus teigneux, aurait volontiers fait le coup de poing. *« Il est trop gentil »*, s'était-il dit en songeant à la passivité d'Albert face aux trois énergumènes.

La cloche annonça l'heure du coucher. Les deux garçons rejoignirent en silence leur chambrée et ne reparlèrent plus de l'altercation avec Maurice.

Debout et immobiles au beau milieu de l'allée, après s'être déchaussés dans la chausserie, ils attendaient l'ordre du surveillant avant de se déshabiller et se mettre au lit. Dès que les lumières furent éteintes, après lui avoir souhaité de beaux rêves, Louis ne put s'empêcher de chuchoter à son ami : « Surtout ne cède pas, et ne te laisse plus appeler la grosse ». Vite, la respiration régulière de Louis indiqua que le sommeil l'a gagné.

Pour Albert, il n'en était pas de même. Il tournait et retournait dans son lit. Grâce à la faible veilleuse restée allumée, il voyait le gardien passer et repasser. Pour la première fois, il était confronté à une situation conflictuelle, lui qui ignorait les disputes et fuyait la violence. *« C'est décidé*, arriva-t-il à se convaincre, *je ne céderai pas ! »*

Albert eut une nuit courte et agitée. Il n'avait jamais dormi ailleurs que sur son matelas dans un recoin de la chambre parentale. Leur présence nocturne le rassurait malgré ses quatorze ans.

« Au fil des jours, la brimade va cesser », se tranquillisa-t-il.

10.

La sonnerie de six heures fit sursauter Albert. Après un petit salut à l'adresse de Louis, il se leva en hâte. Pas question pour lui d'être en retard pour le premier jour. Il se remémora les instructions de la veille et aéra son lit avant de se rendre dans la pièce d'eau pour se débarbouiller. Revenu dans le dortoir, il lui restait son armoire à ranger avant que ne retentît l'ordre de rassemblement pour le repas du matin à sept heures moins le quart. Malheur à celui qui traînait, avaient prévenu les anciens. Un retard et c'était l'assurance d'une convocation dans le bureau de monsieur Morin avec un avertissement à la sortie. Au bout de deux, c'était la privation de liberté du jeudi après-midi. Le petit déjeuner avalé, un bref retour aux lavabos pour se laver les dents était obligatoire.

Avant de descendre, Albert enfila sa blouse grise. La rigidité du tissu neuf le surprit, puis il se précipita vers son casier, ouvrit sa boîte métallique et prit une tablette entière de chocolat à la noisette. Louis l'observait sans rien dire. La cloche annonça le premier repas de la journée. Avec ses compagnons d'études, Albert pénétra dans le réfectoire et gagna sans délai la place qui lui avait été attribuée la veille au soir. À peine installé, il vit Maurice qui profitait d'une courte absence du surveillant pour venir vers lui :

— Salut, la grosse ! Tu as pensé à moi ?

La tête à demi baissée, Albert murmura :

— J'ai du chocolat, si tu veux.

Il sortit la tablette de sa poche et commença à la partager en deux, lorsque, sans autres manières, Momo la lui arracha des mains :

— Pas la peine, mon pote, je garde tout, gronda-t-il en lui donnant une chiquenaude sur l'oreille.

Les camarades de table d'Albert assistèrent à la scène sans intervenir. Tous paraissaient accepter cet état de fait. À côté, Louis serrait les dents et détournait son regard. La rage le tenaillait. *« Ah si j'avais sa corpulence,* songeait-il, *je t'y foutrais une rossée au Maurice ! »*

Un long sifflement mit fin aux trente minutes règlementaires du repas du matin. Sorti, on ne savait d'où, monsieur Morin apparut :

— Bonjour, bien dormi ? lança-t-il d'un ton ironique. Il n'ignorait pas que pour les nouveaux cette première nuit d'internat avait été pleine d'inquiétude.

— Oui, monsieur le directeur répondirent en chœur tous les pensionnaires.

— Parfait, alors bonne journée. Un dernier mot ; j'ai remarqué que certains prenaient un malin plaisir à piétiner, en cadence, et tapaient des pieds lorsqu'ils se rendaient dans les dortoirs. C'est drôle, mais je ne veux plus entendre cela.

Personne ne moufta.

— Compris ?

— Oui, monsieur le directeur, lancèrent-ils d'une voix craintive.

Personne n'osait émettre la moindre réplique. Tous se souvenaient du vacarme assourdissant de leurs pas sur les escaliers la veille au soir. Ils s'en étaient donné à cœur joie avec leurs souliers montants en cuir. Le bruit des semelles de bois cloutées, à la seule fin de durer plus longtemps, résonnait encore dans leurs têtes.

Sur l'injonction d'un surveillant, tous les internes furent priés de mettre leurs lits en ordre. À la lecture de la feuille de service, Albert constata qu'il était de corvée de balayage. Le pion lui indiqua qu'avant de commencer il lui fallait ouvrir en grand toutes les fenêtres du dortoir et qu'il devrait prendre soin de les refermer une fois le coup de balai terminé. Albert s'acquitta avec conscience de sa tâche. Après un rapide passage par la chausserie, il se dirigea vers sa salle de cours où il retrouva ses camarades en rang devant la porte.

—

Toute la matinée, les professeurs se succédèrent. Albert avait du mal à se concentrer. Certes, il retrouvait avec plaisir l'odeur des livres, le bruit de la craie sur le tableau, cependant l'épisode du petit déjeuner ne le quittait pas, si bien que ce début de journée lui parut interminable.

Le repas du midi se déroula sans encombre et jusqu'à seize heures ce fut le retour en classe pour un apprentissage scolaire dans une ambiance calme et studieuse. La leçon de géographie, un peu bruyante, vit surgir monsieur Morin. Par sa seule présence, l'ordre revint. La menace d'une punition collective imposa le silence. Le directeur commandait le respect.

Au moment de la distribution du goûter, tous les élèves furent invités à se ranger en file indienne en face de la porte, grande ouverte, du réfectoire. Sur le seuil se tenait un ancien de troisième année. Le sang d'Albert ne fit qu'un tour lorsqu'il reconnut Maurice. À ses côtés, un jeune pion s'assurait du bon déroulement du partage. Sur une table, un panier d'osier contenait les morceaux de pain destinés aux internes et demi-pensionnaires. Ces derniers, à tour de rôle, en saisissaient un qu'ils amélioraient avec le saucisson, le chocolat ou autres réserves apportés la veille. Du côté d'Albert, rien de tel, il n'avait pas oublié où avait disparu la tablette du matin. À son tour, il se présenta. Au moment où il prit son bricheton, Maurice, profitant de ce que le surveillant paraissait perdu dans ses pensées, renifla puissamment et cracha dans sa direction. Albert reçut le graillon en plein sur le devant de sa blouse. Personne ne vit rien, même Louis qui se tenait derrière lui. Sans un mot, Albert se dépêcha d'essuyer l'affront.

Louis vint le rejoindre pour la fin de la récréation. Dans la cour, les anciens provoquaient les nouveaux. Le défi suprême restait d'attraper ou de faire tomber le béret qu'ils portaient tous, vissé sur le crâne. Si par inadvertance un bleu s'emparait du couvre-chef d'un grand, il devenait indispensable de laver, sans tarder, l'outrage commis. Les pires menaces pleuvaient sur le malheureux qui, pour le reste de la pause, serait la tête de Turc.

—

La journée se poursuivit sans que l'affreux Momo réapparût, mais cela ne rassurait pas Albert. Après le repas du soir, il fit un détour par son casier afin de se réconforter avec une friandise. Stupeur, le cadenas avait été forcé et ses réserves avaient disparu. *« C'est un coup du minable trio ! »* maugréa-t-il. Rouge de colère, il brava l'interdit et grimpa les deux étages qui le séparaient du dortoir des troisième année. Maurice, entouré de Totor et Nénesse, était assis sur son lit, la boîte d'Albert grande ouverte sur les genoux. Les trois compères faisaient l'inventaire de leur prise : un billet de cinq francs qui devait servir à payer le voyage retour pour les brèves vacances de la Toussaint, trois tablettes de chocolat et de nombreuses confiseries. Mais surtout, Maurice tenait une photographie qu'il commentait avec des singeries qui ravissaient les deux autres lascars.

— Rends-moi ça, hurla Albert fou de rage en reconnaissant l'image de son grand-père dans son bel uniforme de sous-officier.

Ni une ni deux, Maurice fit disparaître la photo dans sa poche. Comme un seul homme, Totor et Nénesse se levèrent pleins de menaces, prêts à en découdre. Face à ces trois garçons qui faisaient bloc, Albert battit en retraite. Il ne se sentait pas la force de les affronter tous les trois. Il fit demi-tour, dévala les escaliers et gagna la salle d'études, pour un travail libre de trois quarts d'heure. En retard, il reçut dès son arrivée un avertissement qui se transforma en punition devant son refus de s'expliquer. Louis constata la mine défaite de son copain qu'il imputa, à juste titre, à une altercation avec Maurice.

À vingt heures trente, le surveillant claqua, d'un geste sec, la règle sur le bureau. Le moment était venu de regagner le dortoir. Louis en profita pour s'informer de la nouvelle mésaventure de son ami. Albert lui rapporta le vol de la boîte métallique, tout en minimisant l'importance des friandises et du billet de cinq francs. Il se débrouillerait pour le retour chez lui. Voir la photo de son grand-père entre les mains des trois loustics l'insupportait. Louis partageait la peine de son camarade et proposa une riposte qu'Albert refusa. Louis comprit alors que son copain ne réagirait pas et, avant de s'endormir, il lui glissa un petit mot d'encouragement à l'oreille.

Comme la nuit précédente, pour Albert, le sommeil fut long à venir. Il préméditait le scénario qui lui permettrait de récupérer sa photographie. Utiliser la force ? Il était conscient qu'il en était incapable. Dénoncer Maurice ? Il en subirait les conséquences, et puis il ne voulait pas passer pour un mouchard.

Employer la ruse ? Oui, mais comment ?

11.

Ce mercredi-là, le réveil fut difficile. Le sommeil ne lui avait apporté aucune réponse. En cachette, car il était interdit de bavarder dans le dortoir, Louis lui conseilla de ne rien révéler, de ne pas chercher à se défendre. « La vengeance est un plat qui se mange froid », lui murmura-t-il avec l'air entendu de celui qui avait une idée derrière la tête.

La matinée se déroula sans encombre pour Albert. Après le repas du midi, pendant la récréation, Maurice, entouré de ses deux compères, le héla d'un « Eh, la grosse, tu as vu ! » en agitant la photo à bout de bras. Totor et Nénesse ricanaient sottement. Albert serra les dents et se détourna pour ne pas céder à cette provocation. L'heure de la reprise des cours approchait lorsque, tout à coup, une fenêtre du premier étage s'ouvrit. Un pantalon, une veste, suivis d'une couverture, puis de draps et enfin d'un matelas atterrirent dans la cour au beau milieu des élèves médusés. Albert devint blême, il avait reconnu son pyjama. C'étaient ses affaires ! Le directeur apparut sur le perron et ordonna à un surveillant de sonner le rassemblement. « Il a la tête des mauvais jours », remarquèrent les anciens.

— Meunier, sortez des rangs ! tonna monsieur Morin.

Inquiet, Albert obtempéra et se plaça face à lui.

— Votre lit est mouillé de cette nuit ! Vous comptez qu'il va sécher tout seul ?

— Ce n'est pas moi ! monsieur.

Le directeur, irrité, vociféra :

— Ce n'est pas le vôtre, peut-être ?

— Si, mais je n'ai pas fait dedans !

— Alors, qui est-ce ? Moi, sans doute !

Albert resta silencieux.

— Vous serez privé des sorties du jeudi et du dimanche jusqu'à la Toussaint, ainsi que des petites vacances.

La sanction venait de tomber. Le châtiment était sévère, car tous pressentaient que monsieur Morin ajouterait une punition écrite. Chacun se rendit compte qu'Albert devrait attendre les lointains congés de Noël pour rentrer chez lui.

Une rumeur, dont l'auteur n'était autre que Louis, courut parmi les élèves « C'est Maurice, c'est Maurice. » De rang en rang, elle gagna toute la cour jusqu'à parvenir aux oreilles de monsieur Morin :

— Silence ! gronda-t-il.

Le calme revint tout de suite. Personne ne bronchait, sauf dans le groupe des première année où les murmures persistaient. Soudain, une voix s'éleva. C'était Louis qui osait prendre la parole :

— C'est Robin, monsieur le directeur. Même qu'il a piqué cinq francs et la photo du grand-père d'Albert.

Les commentaires fusèrent. À l'unanimité, les élèves admettaient que pisser dans le lit c'était marrant, mais chouraver des sous, ça non ! Monsieur Morin, qui ne s'attendait pas à une pareille affaire alors que l'année scolaire n'avait débuté que depuis trois jours, décida d'en finir :

— Robin, venez ici et videz vos poches !

Pour ce dernier, pas moyen de s'y soustraire. Après un mouchoir, plusieurs élastiques et autres babioles, il lui fallut sortir le billet et la photographie. Les murmures reprirent. Des « salaud », « voleur », « fumier » s'élevèrent. Le directeur mit un terme à la cacophonie et ordonna la rentrée en classe pour tous, sauf Albert et Maurice, priés de le suivre dans son bureau. Maurice perdit de sa superbe. Il craignait un renvoi temporaire, voire définitif.

Derrière sa table de travail, monsieur Morin observa en silence les deux élèves debout face à lui. Toute envie de sourire avait déserté le visage de Maurice qui gardait la tête baissée. Il s'attendait à prendre une violente réprimande qu'il ne serait pas près d'oublier. Le directeur tenait à la main le billet de cinq francs ainsi que la photographie qu'il tendit à Albert. Ce dernier s'empressa d'abriter le précieux trésor au fond de sa poche.

— Meunier, il y a deux solutions…

Albert n'avait pas l'habitude de s'entendre appeler par son nom de famille et cette solennité l'impressionnait. Monsieur Morin poursuivit à son intention :

— L'affaire reste en interne à l'école et le coupable sera puni jusqu'à la fin de l'année, ou bien, si vous l'exigez, je signalerai le vol à la gendarmerie et Robin sera mis à la porte sans appel.

À cette dernière perspective, le fautif, si arrogant d'ordinaire, fit profil bas. Il savait que son sort était scellé, vu tout ce qu'il avait fait endurer à Albert depuis la rentrée, son exclusion paraissait certaine.

Le directeur attendit la décision d'Albert :

— Je n'ai pas envie que Maurice soit renvoyé.

D'une façon imperceptible, le visage de monsieur Morin se détendit. Même si l'acte de Maurice demeurait grave, le renvoi d'un élève de troisième année avait de lourdes conséquences. Monsieur Morin s'adressa à Maurice :

— Vous serez privé de sortie pour l'année entière ainsi que tous les jeudis et dimanches après-midi. Ces jours-là, vous viendrez dans mon bureau pour faire des exercices supplémentaires.

Ce que ne dit pas monsieur Morin, c'était qu'il profiterait de tout ce temps pour lui rabâcher les règles de civilité. Il était convaincu que la leçon serait comprise. Maurice n'était pas un mauvais bougre. Après un petit discours moralisateur en guise de conclusion, les deux garçons furent renvoyés vers leurs salles d'étude respective. Dans la cour, Maurice chuchota un timide « merci ».

Dès le seuil de la classe franchi, Albert se rendit compte qu'il était attendu par ses copains, inquiets. Sans un mot, il se rendit à sa place et demanda la permission de parler. Celle-ci accordée, il se tourna vers Louis :

— Monsieur le directeur veut te voir à la récréation.

Cette perspective jeta un froid. Tous les élèves, même s'ils n'avaient rien à se reprocher, redoutaient cette convocation. Les deux heures d'enseignement qui suivirent se déroulèrent dans un silence quasi religieux. Chacun attendait avec impatience la récréation afin de découvrir le dénouement de ce malheureux épisode. La cloche libératrice retentit. Sitôt sortis, tous se regroupèrent autour d'Albert pour connaître l'issue de la confrontation au moment même où un surveillant venait de l'aviser qu'un couchage propre était à sa disposition et qu'il pouvait, par exception, refaire son lit.

Alors qu'il se dirigeait vers le bâtiment, Albert se retourna vers ses camarades, et les avertit d'une voix forte qui les surprit tous :

— C'est fini, je ne veux plus en parler.

Pour sa part, Louis se hâta, la boule au ventre, auprès du chef d'établissement. En réponse aux discrets coups sur la porte, il fut prié d'entrer. Louis patienta immobile devant le bureau. Il se balançait d'une jambe sur l'autre et n'en menait pas large. Monsieur Morin, le nez dans ses papiers, ne semblait pas prendre acte de la présence de l'élève. Il fit attendre Louis de longues minutes avant de s'adresser à lui :

— Girard, je tiens à vous signifier deux remarques. Tout d'abord, je vous félicite d'avoir eu le courage de révéler la vérité. Il fallait oser, c'est bien !

Le visage de Louis s'éclaira, il n'avait pas un instant envisagé que le but de cette convocation pût être de le complimenter. Tout d'un coup, le ton du principal changea :

— Vous me copierez cent fois, au passé composé, “ Je ne dois pas dire il a piqué, mais il a pris ”. Vous pouvez disposer.

La punition fut une douche froide pour Louis qui, sans un mot, quitta le bureau et rejoignit la cour de récréation. Cerné de toutes parts, fier comme un paon, il déclara :

— J'ai reçu les félicitations du dirlo !

Il tut la sanction, car aux yeux de tous, c'était lui le héros. « Les félicitations du directeur… » ne pouvaient que répéter, avec admiration et envie, les autres élèves.

12.

Plus jamais Maurice n'importuna Albert. Privés de leur chef, Totor et Nénesse se montrèrent discrets le reste de l'année. Quant à Louis, il devint la mascotte de l'école.

Albert pensait que ce premier trimestre ne finirait pas. Jusqu'aux premières vacances de Noël, il n'avait bénéficié que de deux sorties exceptionnelles le dimanche pour passer la journée chez Marie-Jeanne, la mère de Louis. Les autres fois, avec ses camarades, il se promenait vêtu de son uniforme dans le village de Saint-Christophe-l'Escotais. En rang par deux, les élèves étaient escortés par un surveillant, et le centre-bourg et la campagne environnante n'avaient plus de secrets pour eux.

Tous les quinze jours, le jeudi après-midi, alors que le matin il allait en étude, Albert partait pour une balade de deux heures en compagnie de Louis, sa maman et Suzanne, sa jeune sœur qu'il appréciait. Tous les trois l'attendaient à quinze heures devant la grille de l'établissement et c'était sous les regards envieux de ses camarades qui se préparaient à la traditionnelle sortie dans le village qu'il rejoignait Marie-Jeanne et ses enfants.

La mère de Louis s'était prise d'affection pour Albert depuis qu'elle avait appris qu'en dépit de son origine modeste, le garçon affirmait avec force vouloir devenir maître d'école. « Comme Marcel Boulay » avait-il tenu à expliquer. Ce qui n'avait pas manqué d'intriguer Marie-Jeanne. Un jour, cette dernière avait surpris une conversation entre ses enfants et Albert. C'était Suzanne qui l'interrogeait :

— C'est qui, ce monsieur Boulay ?

Albert était ravi que la jeune fille s'intéressât à lui :

— C'était mon maître. En plus, c'est le maire de Neuillé !

— Tu veux enseigner et devenir maire ? ajouta à son tour Louis, un rien moqueur.

Albert les regarda tous les deux :

— Et pourquoi pas ? rétorqua-t-il haut et fort.

Son assurance surprit le frère et la sœur.

Marie-Jeanne fit irruption dans la pièce.

— Qu'est-ce que vous vous racontez ? lança-t-elle à ses enfants sans laisser paraître qu'elle n'avait rien perdu de leurs propos.

Ce fut Suzanne qui s'empressa de répondre :

— Albert a l'intention de devenir maître d'école…

— Et maire ! l'interrompit Louis avec un large sourire.

— C'est utile de savoir ce que l'on veut, assura Marie-Jeanne.

Albert était content, il lui avait semblé avoir pris de l'importance aux yeux de Suzanne.

—

Les autres jeudis, lorsqu'il ne se rendait pas chez Louis, Albert restait dans l'établissement. Ni doué ni attiré par les activités sportives, il n'avait pas été sollicité pour intégrer l'équipe de foot des première année. Il appréhendait les heures de sport obligatoires chaque semaine. Elles lui demandaient beaucoup d'efforts. Vite essoufflé à cause de son poids, il était quelquefois la risée de ses camarades de classe. Un jour, le professeur d'éducation physique, à qui cette situation n'avait pas échappé, décida d'initier ses élèves à l'haltérophilie. C'était là l'occasion de valoriser Albert, pensait-il. Pour terminer le cours, un concours fut organisé entre toutes les première année. À la fin de l'épreuve, ce fut

Albert qui réussit à soulever la charge la plus lourde sous les applaudissements des autres concurrents.

Albert profitait parfois de ses rares instants de libres pour se rendre sur le terrain de sport, uniquement en tant que spectateur ou supporter.

Bien que très accaparé par ses études, Albert voyait les semaines passer et la Chancelière lui manquait toujours autant. Chaque jour, il se représentait ses parents à leur labeur. À la Saint-Martin, le mardi 11 novembre, il se souvint que toute la famille et les amis devaient être réunis afin de tuer le cochon. Le fumet des rillettes qui mijotaient dans le chaudron ne le quitta pas de la journée.

—

À Noël, Albert retourna à la Chancelière pour de courtes vacances. Les retrouvailles furent chaleureuses, pleines de larmes et d'émotion. C'était la première fois que le garçon avait été séparé si longtemps de sa famille. Sa mère et son père lui avaient manqué durant ces trois mois. D'une même façon, l'absence de leur fils avait été pesante pour ses parents.

Tous les trois ne virent pas s'écouler les premiers jours, Albert avait tant de choses à raconter. Il était intarissable. Comme il y avait moins de travail à cette période de l'année, le vacancier passa des heures à décrire par le menu sa vie à l'internat. Bien sûr, Albert fit l'impasse sur le malheureux épisode de son lit souillé par Maurice. Par contre, il s'ouvrit de l'amitié qu'il avait nouée avec Louis et sa famille. Lorsqu'il annonça que ce dernier avait une sœur, Victorine crut voir les joues de son fiston rosir.

Le vingt-quatre décembre, la fête religieuse fut célébrée en toute simplicité. Pas d'extra, les moyens ne le permettaient pas. La seule touche festive fut la bouteille de pétillant apportée par monsieur Boulay pour le lendemain.

Le maire avait été invité à partager le dessert que Victorine avait préparé pour l'occasion.

Quand il avait eu six ans, un grand de l'école primaire avait appris à Albert la véritable identité du père Noël. Une certitude venait de s'écrouler pour lui qui avait eu du mal à admettre le mensonge de ses parents. Lorsqu'il s'en était confié à eux, Hector lui avait annoncé qu'il devenait dès lors inutile d'installer un sapin dans la chambre. Le garçon l'avait regretté, mais n'en avait rien dit. Depuis, chez les Meunier, le jour de Noël était une journée comme les autres. Les moyens de la famille n'autorisaient pas des dépenses superflues. Seules quelques friandises venaient améliorer l'ordinaire d'Albert. Pour sa part, Marcel Boulay préférait fêter la nouvelle année et apportait un livre pour les étrennes du petit. Daudet, puis Balzac, Maupassant et Hugo complèteraient plus tard les aventures de Jules Verne qu'Albert dévorait.

Cette année-là, Albert avait été surpris de constater que son père avait, pour lui faire plaisir, renoué avec la tradition. De nouveau, un sapin trônait dans la chambre. Son décor était toutefois sommaire, une guirlande et une étoile en papier fabriquées par Victorine donnaient un air de fête au conifère.

La veille au soir, sur l'insistance de sa mère, Albert avait placé ses chaussures au pied de l'arbre. Le lendemain, en plus de l'habituelle orange et du sachet de crottes en chocolat, un joli paquet l'attendait. C'était la première fois qu'il était tant gâté. Albert ignorait que quelques jours plus tôt, monsieur Boulay était venu apporter son cadeau. Il avait prié ses parents de ne pas en révéler la provenance. Curieux, Albert s'empressa d'ouvrir le présent. Il prit soin, sur la recommandation de sa mère, de ne pas déchirer le papier d'emballage. Il découvrit l'ouvrage de René Boylesve, *La Marchande de petits pains pour les canards*, une série de dix-huit nouvelles publiée l'année même. Le garçon était ravi.

Lorsque vers les quatorze heures, Albert entendit Jules qui tirait la voiture de l'instituteur arriver dans la cour, il se précipita au-devant du maître en agitant son cadeau à bout de bras :

— Regardez ce que j'ai eu à Noël.

Marcel Boulay joua la surprise :

— Un livre !

— Oui, m'sieur, poursuivit Albert en lui mettant l'ouvrage dans les mains.

— Laisse-moi au moins descendre, s'amusa l'enseignant.

Le garçon s'écarta et s'empressa d'attacher Jules au gros tilleul avant de rejoindre les adultes à l'intérieur de la maison. La famille s'installa autour de la table afin de savourer le gâteau de Victorine. Sous l'œil réjoui d'Albert, Marcel feuilleta le livre avec intérêt. Albert, attentif, écouta son ancien instituteur commenter chaque titre de nouvelle.

Les assiettes à dessert furent remplies et chacun se délecta de la pâtisserie qu'accompagnait une délicieuse crème au chocolat. La bouteille de vin mousseux fut débouchée. Albert, maintenant considéré comme un grand, eut le droit d'y goûter. La première gorgée lui arracha une grimace, mais le garçon sembla apprécier la boisson. Lorsque les deux hommes, leurs verres vidés, se resservirent, Albert tendit le sien en réclamant. Il reprendrait avec plaisir une petite rincette. Malgré une timide protestation, sa mère s'y opposa.

La semaine entre les deux fêtes, Albert accompagna son père pour couper, rapporter et entasser du bois. Depuis la rentrée scolaire, il avait perdu l'habitude du travail de la ferme et charger la charrette de Mouton lui laissait le soir des souvenirs dans les bras. Le Nouvel An célébré en famille annonça que les congés touchaient à leur fin et que le retour à l'internat pour un deuxième trimestre studieux approchait…

13.

La rentrée du deuxième trimestre s'avéra plus calme pour les élèves de première année. Le bizutage était terminé, à présent il fallait travailler. Dès le premier matin de cette rentrée de janvier, monsieur Morin avait prévenu : « Pas de relâchement ! »

Pour Albert, les repères restaient les fêtes qui lui rappelaient tant de souvenirs à la Chancelière. Après la Saint-Vincent viendrait la Chandeleur. Il était persuadé que sa mère préparerait des crêpes dans l'espoir d'avoir de l'argent toute l'année. Dégoulinantes de l'incomparable confiture de prunes de Victorine, il ne serait pas là pour les dévorer. La maman de Louis y pensa. Un jeudi après-midi, avec son camarade et sa sœur, Albert se régala de fines galettes de pâte faites par Marie-Jeanne qu'il trouva meilleures que celle, froide et sans goût, qui leur avait été servie à la cantine.

—

L'hiver du début de 1914 fut rigoureux. Les salles de cours, le réfectoire et les études étaient chauffés par des appareils qui fonctionnaient au charbon. Ceux-ci, vétustes, tombaient en panne juste le jour où le froid était mordant. Il n'y avait pas non plus d'eau chaude au robinet. Ces jours-là, la toilette du matin était expédiée. Pour se consoler, les internes savaient que tous, professeurs, surveillants, comme élèves, étaient logés à la même enseigne.

Avec l'accord de ses parents et celui de la mère de Louis, Albert passait tous ses jeudis après-midi en leur compagnie. Après une heure studieuse consacrée aux révisions, il occupait le reste de la journée à jouer aux petits chevaux avec Louis et Suzanne. Pourquoi s'était-il passionné pour ce jeu qu'il n'avait guère pratiqué auparavant ? Albert se le demandait. À moins que cela ne fût parce que Suzanne l'avait proposé !

À dix-huit heures trente au plus tard, il fallait cesser la partie, car les deux garçons devaient être rentrés à l'internat un quart d'heure avant le dîner. Pour la plus grande joie d'Albert, Suzanne les accompagnait jusqu'à la porte du collège et les embrassait à la vue de tous les pensionnaires présents à la grille d'entrée. Cette bise sur la joue donnait l'illusion à Albert d'avoir perdu quelques kilos et gagné plusieurs centimètres…

14.

Ce mois de mars, les élèves observaient avec une curiosité pleine d'appréhension les professeurs, les surveillants et le directeur. Tous se regroupaient au cours des récréations et semblaient plongés dans d'étranges discussions. Un soir, des grands de troisième année osèrent interroger un pion. Celui-ci leur déclara que devant la montée des tensions étatiques en Europe, le parlement avait voté une loi qui accordait des pouvoirs spéciaux au gouvernement, en vue de la préparation d'un éventuel conflit. Cette confidence se répandit parmi tous les internes. Comme la plupart ne comprenaient pas ce que cela signifiait, de fausses interprétations se propageaient si bien qu'Albert et Louis ne savaient pas à quoi s'en tenir. Aussi décidèrent-ils de se faire expliquer la situation par Marie-Jeanne le prochain jeudi après-midi.

Le jour venu, avant de commencer leur travail scolaire, ils interrogèrent la mère de Louis. Malgré leur entêtement, elle ne répondit pas à leur attente : « C'est une affaire d'adultes, leur assura-t-elle, cela ne concerne pas les enfants. »

Son ton sans appel retira aux garçons le désir d'insister, mais leur inquiétude demeurait.

—

Albert attendait avec impatience les congés de Pâques. Pour remercier Marie-Jeanne de son accueil du jeudi après-midi, Hector et Victorine les avaient conviés, elle et ses enfants, à partager en toute simplicité l'agneau pascal.

Albert reçut donc son camarade et sa sœur le dimanche à la Chancelière. Après le repas, il laissa ses parents en tête à tête avec Marie-Jeanne et proposa à ses deux amis de visiter la modeste exploitation. Louis et Suzanne découvrirent un monde et une vie qu'ils ne connaissaient pas. Le garçon se montrait intarissable sur les animaux, les cultures et même le matériel. Tant de domaines complètement étrangers à ses deux invités.

La journée passa trop vite au goût d'Albert et l'heure de la séparation arriva. Au moment du départ Victorine suggéra que Louis pourrait, s'il le désirait, séjourner quelques jours chez eux au cours de l'été. « Il y aura du travail pour tous les deux, prévint-elle, le grand air lui redonnera des couleurs, car il est pâlichon votre fiston ! » Le « Moi aussi ? » spontané de Suzanne provoqua un éclat de rire général.

Après avoir accompagné ses invités à la gare, Albert s'en vint trouver sa mère occupée par la traite du soir. Voyant la mine réjouie de son fils, Victorine l'interrogea :

— Tu as passé une bonne journée ?

La réponse d'Albert ne se fit pas attendre :

— Oh oui, plus que bonne ! s'enthousiasma le garçon.

— C'est étrange que tu sois ami avec Louis…

Cette remarque prit Albert au dépourvu, ce qui donna à Victorine le temps de préciser sa pensée :

— Ils ne sont pas de notre monde.

— Pourquoi dis-tu ça ?

— Avec ton père, on a bien vu, c'est une dame !

Devant l'air interloqué de son fiston, Victorine ne put s'empêcher de rire :

— Ne t'en fais pas, va, ils sont gentils.

—

Les deux camarades se retrouvèrent à l'internat pour leur dernier trimestre.

Fin juin, Albert reçut une des rares lettres de sa mère. Elle lui relatait les feux de joie organisés pour célébrer le renouveau. Il allait encore une fois manquer cette fête de la Saint-Jean. La lecture de la missive lui fit remonter les souvenirs. Il se revit les années précédentes, après la messe du matin, participer aux jeux en attendant la veillée du soir où un grand feu était allumé. Les jours d'avant, Albert, avec les jeunes filles et garçons du village, était allé mendier des bûches dans chaque maison. Fasciné par le brasier, il espérait que la faille s'effondrerait au plus vite afin de regarder les hommes, et quelques téméraires demoiselles, sauter au-dessus des braises. Un peu lourd, Albert n'excellait pas dans ce rituel et se contentait de s'extasier devant les prouesses des autres. Le moment qu'il appréciait par-dessus tout était l'élection de la reine. Les plus belles filles du canton rivalisaient, car celle qui serait plébiscitée deviendrait l'héroïne du traditionnel bal nocturne qui clôturait la fête. C'était l'assurance d'être entourée d'une cour d'admirateurs béats qui se bousculeraient pour l'inviter à danser.

Vu son âge, Albert rentrait se coucher avant les premières notes de musique. Par chance, le parquet était installé à proximité de la Chancelière et le son de l'accordéon l'empêchait de s'endormir avant une heure avancée dans la nuit.

Ce courrier l'aida à patienter jusqu'au 14 juillet, date de la distribution des prix et des vacances d'été. Son travail appliqué durant toute l'année fut récompensé par un Tableau d'honneur avec félicitations. Malheureusement, Hector et Victorine n'assistèrent pas à la cérémonie. Monsieur Boulay était présent, lui, et il se chargerait de ramener Albert après la petite fête qui, compte tenu des événements en Europe, se déroula dans une ambiance morose.

Dès son arrivée, Marcel avait précisé à Albert que ses parents pris par la moisson ne pouvaient s'absenter ne serait-ce qu'une demi-journée. Bien qu'il comprît, le garçon en avait gros sur le cœur. Il aurait tant voulu que sa famille le voie recevoir la précieuse récompense.

En ce jour de commémoration, la tension internationale restait forte. Le cent vingt-cinquième anniversaire de la prise de la Bastille fut révélateur de l'ampleur de la crise : chaque formation politique le fêta de manière indépendante. Albert ne saisissait pas la raison de la curieuse ambiance qui régnait.

En fin d'après-midi, Jules lui permit de rejoindre la Chancelière.

15.

Comme mû par une inexplicable intuition, Hector avec l'aide de Victorine avait précipité le début de la moisson. Le couple ne ménageait pas sa peine pour mettre la récolte à l'abri sans attendre le retour d'Albert.

Le projet de la venue de Louis demeurait sans suite au grand regret d'Albert. Dès la remise des prix, Marie-Jeanne, accompagnée de ses deux enfants, avait quitté Saint-Christophe-l'Escotais pour rejoindre la propriété de sa belle-famille en région parisienne.

Depuis le double assassinat de l'archiduc François-Ferdinand et de son épouse Sophie à Sarajevo fin juin, les nouvelles étaient préoccupantes. Hector ne restait pas indifférent aux événements du monde. Dès qu'il le pouvait, il cherchait à rencontrer le maire afin de connaître son point de vue. Plusieurs faits semblaient inquiéter Marcel Boulay, qui rappela à Hector : « Tu te souviens de ce que je t'ai dit l'année dernière… que tout ce qui se passait n'annonçait rien de bon, et aujourd'hui, on y est ! »

Des paroles qui étaient loin de rassurer la famille Meunier.

—

Hector et Victorine tentèrent de donner quelques explications à leur fiston, mais à quinze ans Albert demeurait étranger aux soubresauts de l'histoire. Il ne voulait pas mettre une croix sur cette enfance qu'il sentait, inconsciemment, lui échapper.

Depuis sa précédente rencontre avec le maire et après ses avertissements, Hector se doutait qu'il devrait quitter la Chancelière. Si cette éventualité ne l'inquiétait pas pour lui, il se faisait du souci pour sa femme et son fils. Une nouvelle fois, il alla trouver à la mairie Marcel Boulay qui le reçut sans délai :

— Qu'est-ce qui t'arrive, Hector ?

— Je veux vous parler de Victorine et d'Albert.

Quoiqu'à plusieurs reprises le magistrat municipal lui eût proposé le tutoiement, Albert ne pouvait s'y résoudre. Il tenait à marquer son respect envers celui qui avait été son maître.

— Assis-toi, je t'écoute.

Hector préféra rester debout.

— Si je dois partir, comment Victorine va-t-elle pouvoir assurer seule le travail ?

— Hector, je sais que ta moisson est rentrée…

— Oui.

— Ne te tracasse pas pour la suite. Tu seras de retour avant la fin de l'hiver. Il sera grand temps de voir à ce moment-là.

— Et Albert ?

— Quoi, Albert ?

— Si je suis longtemps absent, Victorine ne pourra pas payer ses études.

— Ça, j'en fais mon affaire. L'essentiel est que tu prennes soin de toi pour revenir au plus vite.

— Que Dieu vous entende.

Marcel émit un rire qui sonna faux.

— Tu sais que je ne suis pas croyant ! Allez, file retrouver les tiens.

Hector salua le maire et s'empressa de regagner la Chancelière. Cet entretien ne le tranquillisait guère. Depuis le temps, il connaissait Marcel. Celui-ci, sûr de lui, avait une explication pour tout et ne manquait jamais d'argument, or l'imprécision de ses réponses laissait Hector songeur.

—

Le 3 août, à seize heures, le sinistre tocsin retentit. Les cloches de l'église de Neuillé-sur-Racan firent écho à celles des hameaux proches. Dans la commune, le garde champêtre, au son du tambour, annonça avec toute la gravité de circonstance, la mobilisation générale. Ainsi que tous les hommes mobilisables, Hector guetta, à la mairie, les affichettes et télégrammes placardés qui rapportaient l'évolution des événements. Dans la campagne alentour, les paysans quittaient les champs et se regroupaient, le visage hébété, pour commenter. Les anciens leur prédisaient : « Il faudra y aller, comme en 70. » Les femmes, muettes, regardaient leurs époux et essuyaient d'un coin de tablier les larmes qu'elles ne pouvaient retenir. Avec les jeunes, elles allaient devoir retrousser leurs manches pour pallier l'absence des maris et des pères. Malgré ses trente-neuf ans, Hector faisait partie des réservistes qui étaient rappelés pour défendre la patrie.

—

Certain d'une nouvelle mobilisation, Hector ressortit son fascicule, conservé avec soin dans une boîte à biscuits depuis son retour de ses obligations militaires. Après l'avoir lu, il précisa à Victorine :

— Je dois me rendre à la caserne Chauveau de Tours, c'est là que je serai incorporé.

— Où iras-tu après ?

— Je n'en sais rien, ils me le diront sur place.

Tous les deux restaient confiants et voulaient se persuader que l'absence ne serait pas longue.

« À Noël, tout sera terminé ! » entendait-on.

Quelque temps plus tard, Hector, sérieux et déterminé, prit le chemin de la gare. Il tenait d'une main Victorine et de l'autre son fils. Tous les trois gardaient un silence pesant.

Arrivé sur place, il retrouva ses copains de classe. Tous partaient accomplir leur devoir, mais aucun n'était prêt à mourir. Les rappelés, accompagnés de quelques élus, ne souhaitaient pas parader, le cœur n'y était pas. Plusieurs jeunes engagés, le regard teinté d'une virilité insolente, se laissèrent prendre à la frénésie nationaliste. Ils chantèrent et s'encouragèrent aux cris de « Vive la France » et « Vive la République ». Ce fut la seule note discordante dans le centre-bourg au moment du départ. On parlait d'une guerre fraîche et joyeuse, courte et victorieuse !

À la gare, les gradés procédèrent à la formation des wagons. Victorine et Albert se serrèrent près d'Hector. Il les embrassa une dernière fois. Impossible de décrire ce funeste moment. Il fallut se séparer. Hector mit son sac sur le dos et l'embarquement commença, avec calme et courage. Une fois installé, Hector eut à peine le temps de faire un ultime petit signe de la main derrière la vitre que le train s'ébranlait déjà au milieu de cris et de pleurs.

Que de larmes versées par les mamans, les épouses et les enfants que la belle assurance du chef de famille n'était pas parvenue à consoler…

« Les pions sont en place, pensa Hector pendant que le convoi roulait vers Tours, *nos valeureux officiers supérieurs vont pouvoir commencer leur sinistre partie. »*

Ils étaient partis. En quelques jours, Neuillé-sur-Racan se retrouva sans ses forces vives. Tous les hommes étaient absents, sauf les vieux et ceux qui présentaient un sérieux problème de santé. Ces derniers allaient être protégés de l'horreur des tranchées. Quant aux femmes, elles devaient se mettre à tricoter mitaines, écharpes et passe-montagnes pour leurs braves soldats.

Quoique déterminé, Hector n'était pas, comme beaucoup de ses camarades, revanchard. Il voulait faire mentir une certaine presse qui le prétendait. La voix de la raison au travers de Jaurès venait de se taire et, avec ses copains, il était convaincu de la légitimité de son action.

Comment aurait-il pu imaginer ce que les lendemains lui réservaient ?

16.

À Saint-Christophe-l'Escotais, la rentrée des classes de 1914 fut reportée d'une quinzaine de jours, le temps à une nouvelle organisation de se mettre en place. Plus rien n'était comme avant, le directeur, monsieur Morin, et la plupart des professeurs étaient partis en direction du front au mois d'août. Des enseignants à la retraite avaient été rappelés et étaient venus épauler les quelques-uns qui n'étaient pas mobilisables. « Ce ne sera pas long », leur avait-on affirmé.

Albert fut heureux de retrouver Louis, car plusieurs pensionnaires ne réintégrèrent pas l'établissement et les nouveaux n'étaient guère nombreux. D'ailleurs, Louis avait failli ne pas revenir. Ses grands-parents paternels voulaient garder leur belle-fille et leurs petits-enfants avec eux. Marie-Jeanne avait tenu bon, arguant de l'importance d'être ponctuel pour la rentrée. L'argument avait fait mouche auprès de la famille nourrie des règles militaires.

En cette rentrée, le cœur n'était pas au bizutage. Albert mesura la chance qu'il avait de pouvoir poursuivre ses études. Ce qu'il ignorait, c'était que cette année elles étaient financées en totalité par Marcel Boulay. La solde d'Hector n'y suffisait pas. Le maire, célibataire, se garda de révéler à qui que ce fût l'aide qu'il apportait aux Meunier.

Albert informa son camarade du départ d'Hector pour le front. Louis trouva les mots pour le consoler de l'absence d'un père. Il savait de quoi il parlait !

Victorine avait promis qu'elle ferait suivre les lettres d'Hector à l'internat. Ce fut ainsi que fin octobre Albert prit connaissance de la première missive de son père. Elle n'était pas longue.

Depuis qu'il avait quitté, à douze ans, la classe de monsieur Boulay, Hector n'avait écrit qu'en de rares occasions. Le pli dans la poche, Albert n'était pas pressé de l'ouvrir, il ne voulait pas dépenser toute sa joie d'un seul coup. Il le goûterait à petits mots après le dîner. Couché dans son lit avant l'extinction des lumières, il prendrait son temps. Le soir venu, ce fut avec mille précautions qu'Albert déplia la feuille de papier chiffonnée :

Ma p'tite femme et mon grand bonhomme,

Après un rapide passage à Tours, j'ai rejoint le Loir-et-Cher, où j'ai été affecté au 313e régiment d'infanterie de Blois. À peine arrivé, j'ai reçu mon paquetage. Comme tu me connais, je suis un peu râleur, aussi je n'ai pu m'empêcher de me plaindre au sergent responsable de l'habillement, car nos uniformes ressemblaient à ceux usés pendant la guerre de 1870 ! Je lui ai lancé que le pantalon était trop visible. Le sous-off l'a mal pris et j'ai failli me retrouver au trou.

Sinon, tout va bien. Nous partons vers le front de l'Aisne. Enfin, je crois, car on ne nous dit pas grand-chose.

Occupe-toi de nos bêtes, et toi, mon gamin, travaille bien à l'école.

Je vous embrasse très fort.

Papa

Louis, son voisin de chambrée, l'avait observé pendant toute sa lecture. Voyant son camarade replier la lettre, il s'adressa à lui :

— C'est ton père ?

— Oui.

— Ça va ?

— Oui.

— Tant mieux, se contenta d'ajouter Louis, car Albert s'était déjà tourné de l'autre côté. Il imagina sans peine que les larmes ruisselaient sur les joues de son ami. Il respecta son silence. Il aurait tant aimé, lui aussi, recevoir un courrier de son père.

17.

Albert trouva les semaines longues. Il s'inquiétait pour sa mère, d'autant qu'elle venait de lui apprendre que l'armée avait réquisitionné le brave Mouton. De toute façon, Victorine ne pouvait l'atteler. Seul son père en avait la force. Albert se souvenait l'avoir aidé à mettre en place du harnachement, mais dès qu'il avait fallu soulever le lourd collier et le passer sur l'encolure, le secours d'Hector avait été indispensable. Le garçon culpabilisait de ne pas se trouver auprès de sa mère pour l'épauler.

À la Chancelière, l'absence d'Hector se faisait de plus en plus sentir. Certaines besognes étaient délaissées. Avec le concours de quelques anciens restés au pays, Victorine réussit à entreprendre les travaux d'automne. Au manque de main-d'œuvre s'ajouta la diminution de la production de lait. Ses revenus baissèrent et la vie devint encore plus difficile. Un temps, désespérée par l'ampleur de la tâche, elle envisagea de solliciter l'aide d'Albert.

Avant la guerre, Victorine ne s'occupait guère des récoltes, c'était l'affaire d'Hector. Aujourd'hui, pour laisser le moins possible de terres en friches susceptibles d'être réquisitionnées par la commune, elle allait devoir s'épuiser au travail. Elle voulait qu'à son retour Hector fût fier d'elle.

À Neuillé-sur-Racan, comme partout en France, le village pleura ses premiers disparus. La traditionnelle foire annuelle de septembre fut pleine de nostalgie. Victorine ne s'y rendit pas. Pour tous les participants, le cœur n'était plus à la fête.

À chaque coin de rue, on ne racontait que des malheurs : parents dans l'insupportable attente, blessés, tués, prisonniers. Il n'y eut aucun pétard, pas de manège ni de tir, rien que des gens en pleurs.

Ainsi que toutes les mères, les épouses, les sœurs des soldats mobilisés, Victorine attendait des nouvelles de son Hector. Elle s'inquiétait de son silence, elle redoutait une blessure ou... pire. Un soir, lorsqu'elle s'assit pour un peu de repos, une frayeur la saisit. Combien de jours, de semaines depuis sa dernière lettre ? Elle se précipita sur le buffet de cuisine pour sortir la boîte à biscuits où elle conservait, comme un trésor, les écrits de son mari maintenus avec soin par un élastique. Elle vérifia sur l'enveloppe la plus récente la date de l'ultime missive reçue. Elle avait été écrite voilà plusieurs semaines. Elle fut en proie à une peur incontrôlée. Elle s'affola, sursautant aux moindres bruits. À cet instant, elle aurait donné cher pour quelques lignes, un mot qui aurait fait cesser cette angoisse. Par chance, le reste du temps, il y avait au fond d'elle une personne raisonnable qui tâchait de la rassurer.

—

Les lettres d'Hector étaient rares. Il choisit de taire les rats, les poux, la pluie, la boue, le froid, la faim... tel était son quotidien. Il s'abstint de dire qu'il ne dormait guère et était frigorifié. Sa tenue était souillée de la terre collante de la tranchée qu'il avait creusée avec ses camarades et où il vivait comme un animal. Il s'habituait à tout. Jamais la peur n'avait pris le dessus. Il s'endurcissait à survivre dans les trous, tels les hommes des cavernes, à ne jamais se laver, pas même les mains ni le visage. Il ne se déchaussait plus. Hector comprenait que les jours de sa vie passée n'avaient plus aucun sens.

Quand il écrivait, Hector se voulait rassurant, il s'inquiétait pour sa femme et son fils. À la lecture de ses missives, des doutes envahissaient Victorine. Pour son mari, tout allait pour le mieux. À le croire, il occupait le plus clair de son temps à jouer aux cartes avec ses camarades ! La seule chose qui semblait le chagriner était la nourriture. Les bonnes omelettes avec des cèpes fraîchement ramassés n'étaient plus qu'un lointain souvenir. Pour Hector, il n'y avait pas de dangers en perspective. Les échos des clients du soir pour le lait n'étaient pas de la même teneur. Les combats faisaient rage sur le front de l'Est. Les victimes, de part et d'autre, étaient nombreuses.

L'inquiétude tenaillait Victorine, mais elle la cachait. Elle s'attacha à lui écrire de longues réponses. Elle minimisa les difficultés liées à son absence. Elle osa avouer qu'il lui manquait.

À Neuillé-sur-Racan, comme dans toutes les communes françaises, les familles redoutaient la visite du maire. Chacune guettait la sortie de Marcel Boulay de sa mairie. L'angoisse sourdait lorsque, habillé de noir, son chapeau melon sur la tête, il partait annoncer en personne le décès d'un fils ou d'un père. Accompagné du garde champêtre, quelle direction allait-il prendre ?

Avec la promesse d'un retour pour Noël, Victorine compta les jours qui la séparaient de la venue de son bien-aimé. Dans peu de temps, la famille serait réunie…

—

Pour Hector, l'espoir de revenir à Neuillé-sur-Racan pour Noël était loin. Quelques jours de permission étaient envisagés pour celui qui venait d'être cité et nommé caporal.

Quelques semaines plus tôt, alors qu'il était posté avec un camarade comme sentinelles, Hector avait vu les Allemands s'approcher à quelques dizaines de mètres d'eux. Brusquement, ceux-ci s'étaient mis à les prendre pour cible. Sous le feu, il s'était retourné pour s'assurer que son collègue était à l'abri et avait reçu une balle de fusil dans le dos. La blessure, douloureuse, n'était pas grave. Son compagnon de combat, moins chanceux, avait été atteint par plusieurs projectiles. Il avait dévalé le talus jusqu'au bas du fossé… là, les Allemands avaient jeté une grenade qui avait explosé à proximité du pauvre malheureux qui s'était évanoui. Pas de brancardier à l'horizon. Hector oubliant sa douleur s'était précipité vers lui. Arrivé à côté du blessé, il l'avait attrapé par les pieds et tiré vers la tranchée de repli. Les deux hommes s'étaient traînés, la boue compliquant leur progression. Parvenus près des lignes amies, ils avaient été aperçus par quelques poilus qui avaient alors profité d'un instant de répit de l'artillerie pour sortir aider Hector. Son camarade, quoique grièvement blessé, avait été sauvé d'une mort certaine.

Les supérieurs d'Hector citèrent son action et le proposèrent pour le grade supérieur. Cette distinction le laissa indifférent. L'important pour lui était la perspective de quelques jours de permission pour Noël en guise de récompense qui allait lui permettre de supporter les dernières journées de novembre.

—

Dans l'internat, une triste nouvelle se répandit. Monsieur Morin ne reviendrait pas. Il avait reçu, dès les premiers jours du conflit, une blessure mortelle à la tête qui le laissait pour toujours en terre marnaise. Lorsqu'il apprit cet événement tragique, Albert fut bouleversé. Il prit conscience que parmi tous ces hommes partis sur le front, certains ne rentreraient jamais. Il pensa à Hector, mais se rassura : *« Un père, ça ne meurt pas, même à la guerre ! »* Le revoir aux vacances de fin d'année lui mit du baume au cœur.

Le jeudi suivant, alors qu'il était chez Louis, la mort de monsieur Morin vint inévitablement dans la conversation.

Albert fut surpris des propos tenus par Marie-Jeanne, la mère de son ami. Elle rappela que le papa de Louis avait été tué le 12 mars 1907, avec un grand nombre de marins, lors de l'explosion du cuirassé Iéna dans le port de Toulon. Pour elle, mourir en service commandé faisait partie du quotidien de tous les militaires. Albert ne pouvait s'empêcher de penser à son propre père. Il préférait le voir revenir sans gloire, mais vivant. Il n'osa pas prolonger la discussion avec Louis, car il lui sembla que son ami partageait l'opinion de Marie-Jeanne. Le garçon était en proie à un désagréable sentiment de confusion et, mal à l'aise, il prétexta l'oubli d'un cahier pour rentrer plus tôt afin de terminer ses devoirs.

Tout ceci fut balayé dès le lendemain. La reprise du travail scolaire faisait oublier à Albert les propos de la mère de Louis. Le souvenir de monsieur Morin ne le quittait pas et lui donna le courage nécessaire pour étudier. Le directeur était sévère et peu affable, cependant il rassurait les pensionnaires par sa présence constante.

Conscient des sacrifices de Victorine, Albert s'employait à obtenir les meilleures notes possibles. Quant à Louis, son avenir était tout tracé. Il devait tout mettre en œuvre pour récolter les résultats qui lui permettraient d'intégrer plus tard une école militaire, comme son propre père. Sa mère… et ses grands-parents y tenaient !

Albert n'imaginait pas ce qui se préparait sur le front…

18.

Le lundi 7 décembre, le commandant de la gendarmerie de Neuillé-sur-Racan en personne se rendit à la mairie afin de rencontrer le maire. À sa mine, Marcel Boulay comprit que quelque chose de grave était arrivé. Le gendarme venait de réceptionner le rapport de l'exécution, le vendredi précédent, d'Hector Meunier. Avec cinq autres poilus, il avait été fusillé pour l'exemple. Un conseil de guerre les avait condamnés à mort au motif d'abandon de poste devant l'ennemi. Le général, commandant le front de l'Aisne, justifiait cette décision : « C'est pour aider les combattants à retrouver le goût de l'obéissance ! »

Marcel, assommé par la nouvelle, peina à articuler :

— Hector, un lâche ! Ce n'est pas possible, pas lui.

— Vous avez raison, je le connais, c'est inimaginable, confirma l'officier.

— Il faut prévenir Victorine.

— Souhaitez-vous que j'y aille ? proposa le gendarme.

— Non, c'est à moi de le faire.

— Comme vous voulez. N'oubliez pas : dès qu'à votre tour vous recevrez ce pli, vous devrez l'afficher sur le panneau d'affichage de la mairie. Ce sont les ordres.

Marcel Boulay sortit de ses gonds et lâcha : « Les ordres, je m'en fous ! »

Le commandant ne releva pas et, après un bref salut, s'empressa de quitter la mairie.

Sans tarder, le magistrat municipal fit demander le garde champêtre. Après l'avoir informé du drame qu'il venait d'apprendre, ils prirent la direction de la Chancelière. Ce n'était pas la première fois qu'ils s'acquittaient de cette lourde obligation, mais annoncer à Victorine la mort d'Hector était une tâche écrasante pour les deux hommes. Tout en marchant, le maire chercha les mots qu'il allait devoir prononcer. Comment révéler en plus qu'Hector avait été fusillé ? Il savait que toute la famille pâtirait de la condamnation du soldat. C'était un fardeau qui se transmettrait de génération en génération.

La montée du raidillon n'en fut que plus pénible pour tous les deux. Il avait plu pendant la nuit, et l'herbe de part et d'autre était humide. Les pieds glissaient sur la terre détrempée. À l'approche du bâtiment, les deux hommes n'en menaient pas large. Lorsqu'ils aperçurent Victorine qui nourrissait sa basse-cour, ils marquèrent ensemble un temps d'arrêt. Celle-ci, mue par un mauvais pressentiment, se retourna :

— Hector ! hurla-t-elle avant de se réfugier contre l'épaule de l'édile.

Marcel Boulay comprenait qu'à cet instant, les mots préparés étaient inutiles. Victorine fut secouée de sanglots, pourtant ses larmes refusaient de couler. Elle resta de longues minutes dans le refuge que lui offraient les bras du maire. Le garde champêtre ne savait quelle attitude adopter, ses yeux étaient brouillés par les pleurs.

— Albert… il faut le prévenir, lâcha Victorine dans un souffle.

Marcel Boulay lui proposa de se rendre à l'internat l'après-midi même.

Victorine, le visage hagard, reprit son seau de grains. Les poules s'impatientaient à ses pieds.

Elle ne posa aucune question. Elle ne voulait rien apprendre de plus. Son esprit était tout habité par l'affreuse certitude qu'elle ne reverrait pas son Hector.

— J'attèle Jules, lui dit Marcel, et me mets en route. On sera de retour en fin de journée.

Annoncer le drame à Albert suscitait chez Marcel Boulay un profond désarroi.

19.

Albert voyait approcher à grands pas les fêtes de fin d'année et les retrouvailles avec son père. Depuis une semaine, il n'avait pas eu de nouvelles, mais le permissionnaire n'allait pas tarder à arriver.

Avec ses camarades, cet après-midi-là, Albert était en cours de français lorsque la porte de la classe s'ouvrit tout d'un coup. Après avoir salué le professeur, le surveillant de service lança :

— Meunier, chez le directeur.

Tous les élèves se retournèrent vers Albert. Qu'avait-il pu faire ? Il n'était pas de ceux qui, indisciplinés, fréquentaient le tristement célèbre bureau, lieu de sévères admonestations suivies d'inévitables punitions.

Albert, tout pâle, ne réagit pas tout de suite si bien que le pion insista :

— Meunier, je vous attends.

Albert se leva. Il se dirigeait vers la porte lorsque le surveillant lui précisa :

— Prenez toutes vos affaires avec vous.

Les élèves restaient silencieux, scrutant avec curiosité leur camarade. *« Qu'est-ce que ça veut dire ? »* s'interrogeaient-ils.

Albert regroupa son porte-plume et son crayon de papier dans son plumier puis le rangea dans son sac d'école avant d'y ajouter son cahier de français.

Sans un mot, son cartable sous le bras, il quitta la classe pour suivre le surveillant qui l'accompagna jusqu'à la porte du bureau. Après avoir toqué, ils attendirent l'ordre d'entrer.

— Meunier, monsieur le directeur, annonça le pion.

Il s'effaça afin de laisser le passage à Albert.

Après quelques pas, le garçon fut saisi de surprise. Il avait reconnu de dos son ancien maître d'école, Marcel Boulay.

Sans aucune précaution oratoire, le nouveau chef d'établissement l'avertit :

— Meunier, soyez courageux, nous avons une triste nouvelle pour vous.

Le coup fut rude pour Albert. Une décharge électrique lui parcourut la colonne vertébrale. Marcel s'en aperçut, se leva de son siège et prit son protégé par les épaules :

— Il est arrivé malheur à ton père. Je te ramène chez toi retrouver ta maman.

La bouche d'Albert s'ouvrit sans qu'aucun son n'en sortît. Tout s'effondrait. Les retrouvailles tant attendues dans quelques jours n'auraient pas lieu. Le retour joyeux et tant espéré pour Noël serait d'une infinie tristesse. Les larmes coulaient, le garçon tentait de les retenir devant le directeur, en vain.

Tel un automate, il se laissa conduire par Marcel Boulay. L'habituelle voiture légère à deux roues, tirée par Jules, le petit cheval noir, patientait devant le portail.

Albert grimpa dans le cabriolet au côté de Marcel qui, d'un claquement de langue, mit Jules au pas, puis au petit trot. L'équipage prit la direction de Neuillé-sur-Racan. Le trajet se déroula en silence. Les joues inondées de larmes, Albert regardait ses souliers, il ne voyait rien d'autre.

—

Lorsque la voiture du magistrat municipal passa devant le raidillon qui menait à la Chancelière, Albert sauta du cabriolet et se mit à gravir la pente à en perdre le souffle. Il ne voulait pas attendre que Jules termine le grand tour pour arriver à la ferme. Ce fut hors d'haleine qu'il déboucha dans la cour où il aperçut Victorine, vêtue de noir de la tête au pied. Cette vision le surprit, jamais il n'avait vu sa mère habillée de la sorte. L'image d'Henriette, sa grand-mère maternelle, ressurgit dans sa mémoire.

Le garçon se précipita pour l'embrasser. Depuis que le maire lui avait annoncé que son père ne reviendrait pas, il s'était montré digne. Seules les larmes dans le bureau du directeur n'avaient pu être retenues. Ils se tinrent de longs instants, sans une parole, dans les bras l'un de l'autre. L'émotion était vive, les mots inutiles.

Jules fit enfin son apparition dans la cour. Marcel Boulay descendit de la voiture et attacha le cheval au gros tilleul. Il demeura à quelques pas de la mère et du fils. Tout à coup, Albert se retourna vers lui :

— Ces salauds de Boches, ils l'ont tué, hurla-t-il pour se libérer de la colère qu'il contenait depuis l'annonce de la terrible nouvelle.

À cet instant, il sembla au maire que le moment était venu d'annoncer à Albert les circonstances de la mort de son père. Il fit part de l'exécution sans s'appesantir sur les tenants et aboutissants de l'événement. Il serait temps, plus tard, d'expliciter. Il s'empressa d'affirmer qu'il croyait en l'innocence d'Hector. Il le connaissait : ce n'était pas un lâche.

— Vous savez, Victorine, nos chefs de guerre prennent à la lettre l'ordre de Joffre : « Il faut se faire tuer sur place plutôt que de perdre un pouce de terrain. »

— Quelle connerie ! lâcha dans un murmure Albert, mâchoires serrées.

— Ils veulent des exemples. Hector était une de leurs victimes.

Gagné par une rage incontrôlée, Albert partit à toutes jambes vers l'étable où il s'écroula sur la paille sèche en attente pour la litière, avant d'exploser en pleurs.

—

Dès le lendemain, Victorine, accompagnée d'Albert, rendit visite au curé de Neuillé-sur-Racan. Elle souhaitait qu'une messe fût dite pour son mari. Le prêtre refusa tout net. Il ne célébrerait pas la mort d'un traître à la patrie. Malgré l'insistance du maire, il ne changerait pas d'avis. Victorine en fut bouleversée.

Accablée de douleur et privée de ressources, elle devrait faire front. Marcel lui avait précisé qu'elle n'aurait pas de pension de veuve de guerre. Quant à son fils, il n'aurait pas le statut d'orphelin. Pour elle, c'était une lourde sanction financière alors que la vie n'était pas facile depuis le départ d'Hector. Pour l'abattre un peu plus, elle allait aussi subir le mépris d'une partie de la population.

Dans quelques semaines, Albert aurait ses seize ans. À présent, c'était lui l'homme de la maison. Il était décidé : il ne retournerait pas à l'École Primaire Supérieure de Saint-Christophe-l'Escotais. Victorine tenta de l'en dissuader, mais au fond cela la rassurait, car comment pourrait-elle survivre sans les quelques sous qu'Hector lui envoyait ? La mère et le fils n'avaient pas fait part de leur décision à Marcel Boulay tant ils se doutaient qu'il n'approuverait pas leur choix.

Le surlendemain, celui-ci apporta à Victorine le portefeuille d'Hector ainsi que la missive[1] écrite la veille de son exécution. Avec fébrilité, elle la déplia :

le 4 décembre 1914.

Ma chère Victorine,

Quand cette lettre te parviendra, je serai mort fusillé.

---

1 Librement inspirée par la lettre du caporal Paul-Henri Floch, un des six " Martyrs de Vingré "

Voici pourquoi :

Le 27 novembre, vers cinq heures du soir, après un violent bombardement de deux heures, dans une tranchée, et alors que nous finissions la soupe, des Allemands se sont amenés et ont fait des prisonniers.

Dans la bousculade, et pour échapper aux mains des Allemands, j'ai suivi mes camarades, et ensuite j'ai été accusé d'abandon de poste en présence de l'ennemi.

Nous sommes passés vingt-quatre hier après-midi au conseil de guerre. Six ont été condamnés à mort, dont moi. Je ne suis pas plus coupable que les autres, mais il faut un exemple. Mon portefeuille te parviendra et ce qu'il y a dedans.

Je te fais mes derniers adieux à la hâte, les larmes aux yeux, l'âme en peine. Je te demande, à genoux, humblement pardon pour tout le chagrin que je vais te causer et l'embarras dans lequel je te mets. Je te fais confiance pour expliquer à notre fils.

Ma petite Victorine, encore une fois, pardon.

Je vais me confesser à l'instant, et j'espère te revoir dans un monde meilleur.

Je meurs innocent du crime d'abandon de poste qui m'est reproché. Je n'ai pas peur de la mort, puisque je ne suis pas coupable du fait qu'on me condamne.

Ma dernière pensée à toi et à mon Albert jusqu'au bout.

Ton Hector

Vaincue par l'émotion, Victorine s'effondra et pleura sans retenue. Elle tendit la lettre à Albert. La vie allait malgré tout devoir continuer…

20.

Pour Victorine et son fils, les semaines qui suivirent furent pénibles. Parmi les clients habituels de la fin de journée, quelques-uns refusèrent de s'approvisionner à la ferme. La modeste solde d'Hector n'était plus versée à sa veuve. Pour aggraver la situation financière des Meunier, la patronne de l'épicerie-boulangerie du centre-bourg rejeta toute nouvelle demande de crédit. À l'autre boulangerie du village, ce fut pire : la porte se ferma à l'arrivée de Victorine. Lorsqu'elle en avait demandé la raison, la commerçante lui avait lancé : « Nous, on a notre fils qui se bat et risque sa peau, pendant que des salauds comme votre mari se sauvent devant les Boches ! »

Victorine reçut cet affront comme une gifle. Son Hector n'avait pas pu fuir devant l'ennemi. Elle décida de ne rien dire à Albert, car elle avait remarqué qu'il était à cran et prêt, contrairement à son habitude, à en découdre avec ceux qui se permettraient d'insulter la mémoire paternelle. Son fils, taciturne et solitaire, occupait l'essentiel de son temps au travail de la ferme. Il redoublait d'efforts pour éviter à ses pensées de vagabonder.

Ce jeudi matin-là, Albert remplaça sa mère sur le marché pour la vente des fromages de chèvre. Derrière son étal, il regardait passer les villageois qu'il connaissait pour la plupart. Nombreux furent ceux à ne pas lui adresser un regard. Il aurait préféré être insulté qu'ignoré. Comme il n'aurait pas hésité à faire le coup de poing avec ceux qui se seraient aventurés à prononcer des remarques malveillantes sur son père, mieux valait en effet qu'ils lui tournassent le dos.

—

Marcel Boulay venait chaque jour à la Chancelière pour rendre visite à Victorine et son fils. L'exécution d'Hector avait provoqué, chez certains de ses administrés, de vives réactions, souvent hostiles. Elles trouvèrent un écho qui inquiétait le maire. Il se renseigna auprès de ceux qui paraissaient gênés de la tournure que prenaient les événements. La plupart lui confièrent qu'ils n'avaient pas envie d'être vus lorsqu'ils se rendaient à la Chancelière pour se ravitailler. Marcel les comprenait. Sans tarder, il entrevit une parade et proposa au patron du café-coiffeur de la place, un camarade d'école d'Hector, de vendre les produits laitiers de Victorine. Celui-ci accepta sans rechigner. Son caractère bien trempé et surtout son imposante carrure lui éviteraient toutes remarques désobligeantes.

Les villageois n'étaient plus dans l'obligation de réaliser leurs emplettes auprès de la famille Meunier, à la ferme ou sur le marché. Le bouche-à-oreille fit le reste et le stock de Victorine retrouva preneur. Pour le pain, sur la suggestion du maire, le cafetier en acheta davantage et le livra à la Chancelière lorsqu'il venait se fournir en fromages.

Albert, du haut de ses presque seize ans, trimait dur. Il espérait remplacer leur cheval, car malgré tous ses efforts, le garçon ne pouvait s'occuper des terres comme le faisait son père. Il ne pouvait qu'entretenir les pâturages, renforcer les clôtures. S'ils avaient eu un peu de sous, ils auraient pu acquérir quelques chèvres supplémentaires, mais pour le moment il n'en était pas question.

—

Après un début de printemps maussade et pluvieux, les premiers rayons de soleil qui annonçaient l'arrivée des belles journées ne parvenaient pas à réchauffer le cœur d'Albert. Il ne s'habituait pas à la brutale et injuste disparition de son père. Une sourde colère grondait en lui parce qu'on lui avait enlevé celui qu'il aimait et admirait tant.

Il décida d'agrandir le potager. Il pourrait récolter plus de légumes et vendre le surplus avec les fromages. Pour le garçon, l'internat n'était qu'un lointain souvenir, surtout le soir lorsqu'il se couchait vaincu par la fatigue, après avoir jardiné toute la journée. Cela lui faisait du bien de s'occuper de cette terre si chère à son père.

La vie reprit ses droits. Conscient que cette situation ne pourrait pas durer, Marcel tenta d'infléchir la décision d'Albert d'abandonner les cours, mais sans résultat. L'adolescent soutint qu'il y allait de son honneur de remplacer celui que des salauds avaient tué !

Albert demeurait sourd à toutes les remarques. Il ne voulait pas admettre que tôt ou tard, Victorine devrait quitter La Chancelière. Lorsqu'après l'été il leur faudrait régler le métayage, les difficultés seraient insurmontables. L'obsession d'Albert était de se substituer à Hector, quoi qu'il lui en coûtât.

Ses affaires de pensionnaire restées à l'internat lui avaient été rapportées. Il avait imaginé que ce serait Louis qui s'en chargerait. Depuis son départ de l'école, ce dernier ne s'était jamais manifesté, Albert en était peiné. Les jeudis après-midi, il ne pouvait s'empêcher de penser à Marie-Jeanne, Louis… et Suzanne. Il cherchait une explication à leur silence, qu'il ne trouva pas.

—

Victorine fit face à l'adversité avec courage. Elle ne quittait plus guère la Chancelière que pour les indispensables courses à l'épicerie de la place. La commerçante avait décrété qu'elle ne voulait plus se déplacer pour si peu !

Vêtue de noir des pieds à la tête, lorsqu'elle se rendait dans le bourg, Victorine refusait de baisser la tête. Elle était résolue à faire front, pourtant, certains regards de femmes croisées sur son passage en disaient long. Les silences gênés devinrent réprobateurs.

Cependant, quelques habitants qui connaissaient Hector ne croyaient pas un mot de la version officielle de sa condamnation et prenaient la défense de la famille Meunier. Petit à petit, en catimini, ils venaient les réconforter, soutenus et encouragés en cela par le maire.

La mère et le fils demeuraient meurtris dans leur honneur et leur affection, accablés par le fardeau de la honte. Albert ne participa plus à aucune manifestation du village. Ni l'assemblée annuelle ni les feux de la Saint-Jean qu'il avait tant aimés ne réussirent à le faire délaisser quelques instants sa ferme. Une rancœur tenace envers ceux qu'il rendait responsables de la mort de son père ne le quitta plus. Il se contrôlait, tout en se disant qu'un jour viendrait le temps des explications…

—

Le devenir d'Albert demeurait le principal sujet de préoccupation de Victorine. Elle était consciente du sacrifice que son fils acceptait en mémoire de son père. En agissant de la sorte, il renonçait à un avenir plus radieux que de rester à la ferme. Elle s'en ouvrit à Marcel Boulay qui n'avait jamais abandonné l'idée de persuader Albert du bien-fondé de reprendre ses études.

À la demande de Victorine, ce fut avec une bouffée de joie que le maire se chargea de prendre contact avec le directeur de l'École Primaire Supérieure de Saint-Christophe-l'Escotais. Celui-ci accepta, au vu des résultats et du comportement de sa première année, de réintégrer Albert en deuxième année à la rentrée de septembre. Restait à convaincre Albert. Marcel savait qu'il avait perdu la gentillesse et la docilité qui jadis le caractérisaient.

La veille, Marcel avait annoncé à Victorine que le corps enseignant était disposé à accueillir Albert à nouveau. Elle décida de profiter de leur déjeuner en tête à tête du lendemain pour aborder le sujet :

— Mon garçon, j'ai réfléchi et nous n'allons pas pouvoir continuer comme ça.

Albert marqua sa surprise :

— Pourquoi donc ?

— Dans quelques années, il faudra que tu me quittes pour partir à l'armée.

— Il y a le temps !

— C'est vrai, mais je dois te dire qu'on m'a proposé une place au château. Je serai nourrie et logée, et je pourrai t'héberger pendant les vacances.

— Pour quoi faire ?

— Devine ? le taquina Victorine, un léger sourire aux lèvres. Pour m'occuper des chèvres, pardi ! Tout le monde sait comment nous prenons soin de nos bêtes. Je serai chargée de la fabrication et de la vente des fromages sur les marchés.

— Je dois remplacer papa, assura Albert étonné par les propos de sa mère.

— Je peux te garantir que si ton père était présent, il serait de mon avis. Il ne l'a jamais avoué, mais il était fier que tu poursuives tes études. Il ne manquait jamais de le dire à tous ceux qu'il rencontrait.

Victorine laissa quelques instants son fiston livré à ses réflexions.

— Qu'en penses-tu ?

Albert ne sut que répondre. Abandonner sa scolarité avait été un crève-cœur. Il aimait apprendre et savait qu'un jour il aurait pu enseigner si son destin n'avait été si cruellement frappé.

Victorine comprit que le doute s'insinuait, faisant son œuvre. Elle en profita pour préciser ce qu'elle avait envisagé :

— Tu pourras effectuer la rentrée de septembre prochain.

— En deuxième année ?

— Oui.

— J'ai déjà suivi le premier trimestre, remarqua Albert.

— Ça te remettra dans le bain. Ce sera une excellente révision. D'ici là, nous nous séparerons du matériel agricole. Un voisin m'a proposé de reprendre l'exploitation des quelques terres cultivables qui sont à nous. Cela nous procurera quelques sous de plus. Il nous rachète toutes nos bêtes. Ça évitera de les envoyer à l'abattoir.

Victorine savait qu'avec cet argument elle faisait mouche. D'ailleurs, Albert sembla accepter sa décision.

— C'est toi qui t'occupes de tout ça ? s'inquiéta le garçon.

— Non, c'est le maire qui négocie pour nous.

Albert fut rassuré. Sa mère était déterminée et avait pensé à tout. Il l'interrogea sur les conditions de son futur emploi. Elle lui confessa n'avoir rien demandé. La proposition était venue de la châtelaine qui avait pris fait et cause pour eux deux. Son mari ne s'y était pas opposé, content de pouvoir faire taire quelques langues de vipères dans le village.

Albert écouta sa mère qui, à cette perspective, semblait revivre. Il dut se l'avouer : *« Ce sera mieux ainsi ! »*

—

Quelques jours plus tard, par un beau matin, les trois vaches montèrent dans la bétaillère pour un court trajet. La semaine suivante, le cochon eut moins de chance, il finit en rôtis, pâté de foie, grillades, crépinettes et une grande platée de carbonnade !

Cette journée, fatidique pour la bête, avait été fixée un jeudi afin que Marcel Boulay pût venir aider. Pendant qu'un voisin cuisinait dans plusieurs casseroles, le maire, qui manquait de disposition pour les autres tâches, remuait les rillettes en train de mijoter dans le chaudron, seule mission qu'il se sentait capable de mener à bien.

Jusqu'à l'été, la ferme se vida au fur et à mesure. Après le matériel et la basse-cour, le plus difficile pour Victorine fut le départ d'une partie de son troupeau de chèvres. Elle y était attachée et ne s'en sépara qu'avec la certitude que ses "filles" comme elle les appelait seraient correctement traitées. Les autres furent reprises par les propriétaires du château afin de compléter le cheptel dont Victorine assurerait la charge.

La moisson terminée, le voisin de Victorine se proposa de déménager les quelques meubles qui serviraient à équiper le logement qu'elle allait occuper. Une dépendance, à l'écart de la maison des châtelains, serait son chez-soi. Une minuscule cuisine et deux chambres la satisfaisaient et lui permettaient d'héberger Albert à chacun de ses retours. Un matin, une charrette et un tombereau suffirent à transporter les rares biens qui restaient. Deux bancs, deux tabourets, une armoire, une cage remplie de poules qui caquetaient, un peu de vaisselle et surtout le nécessaire à faire sécher les fromages constituaient l'essentiel du déménagement. La mère et le fils coupèrent par le raidillon et attendirent ce curieux cortège pour le suivre à pied. Pendant la traversée du village, Victorine remarqua que les rideaux bougeaient derrière les fenêtres. *« Ce départ doit en réjouir quelques-uns »*, songea-t-elle.

Avec l'abandon de la Chancelière, ils mettaient fin à des années de durs labeurs et de sacrifices.

—

À la mi-juillet, les habitants de Neuillé-sur-Racan virent quelques soldats rentrer au village. Les premières permissions de six jours venaient d'être accordées par roulement à tous les combattants français. Dans les familles, heureuses de retrouver l'un des leurs, le cas d'Hector ne manqua jamais d'être abordé. Parmi ceux qui revenaient, aucun n'était au courant du drame qui s'était déroulé au mois de décembre de l'année précédente. Pas un des poilus ne voulut accabler Hector. Certains avaient connu l'échec de l'offensive en Artois. Avec beaucoup de retenue, ils racontèrent comment leurs camarades étaient tombés : « Ils étaient fauchés par la mitraille, et étaient remplacés par des renforts qui à leur tour s'effondraient. Des sections entières avaient été décimées. Après une heure, voyant qu'autant on en enverrait, autant il y aurait de victimes, les chefs avaient donné l'ordre d'arrêter l'attaque. Ceux qui étaient en bonne santé ou blessés et qui étaient restés entre les deux lignes avaient été obligés de tenir coûte que coûte. Beaucoup y avaient trouvé la mort, car au moindre de leurs mouvements, les Boches leur tiraient dessus et les achevaient. On avait compté près de huit cents morts… » Dans ces conditions, qu'un camarade ait eu un moment de panique, voire de faiblesse, ils pouvaient l'admettre. Ce qu'ils ne comprenaient pas toujours étaient les ordres des chefs de l'état-major.

—

Dans son nouveau logis, assise sur une chaise en paille, derrière la fenêtre, Victorine semblait étrangère à toutes ces allées et venues dans le village. Ces journées d'août 1915 étaient interminables.

Grâce à la présence d'Albert pour quelques semaines, elle avait moins de travail. Ce temps libre, loin de lui apporter un peu de répit, la plongea dans ses souvenirs. Dix-sept ans de vie commune s'étaient achevés de manière subite à la fin de l'année précédente.

Lors du départ de son mari pour le front, Victorine avait un instant craint pour ses jours, mais elle avait chassé ses idées noires. Pas son Hector, il était invincible ! Elle avait redouté les blessures, mais n'avait jamais envisagé qu'un tel malheur s'abattît sur elle et son fils. Son chagrin restait si grand que tout l'indifférait. Leur courte vie commune défilait comme par enchantement. Ils avaient connu des joies, et des peines aussi. Comme elle avait aimé son Hector, si séduisant, si fort ! Le passé ressurgit dans sa mémoire, en particulier cet été 1896 où elle avait aperçu celui qui allait devenir son mari. C'était au traditionnel bal du 14 juillet. Hector était le plus beau. Tout de suite, ils avaient su qu'ils étaient faits l'un pour l'autre… Les souvenirs revenaient avec une précision qui la surprenait.

Mais voilà qu'une nouvelle rentrée des classes s'annonçait…

21.

Au contraire de l'année précédente qui avait vu la guerre éclater quelques semaines avant la rentrée des classes, l'école républicaine s'était adaptée au conflit. À l'École Primaire Supérieure de Saint-Christophe-l'Escotais, la reprise des cours eut lieu le 3 octobre. Albert, comme tous les internes, rejoignit l'établissement la veille. Il y retrouva ses camarades qui commençaient leur troisième année. Albert chercha des yeux Louis qu'il n'avait pas revu depuis la fin de l'année et dont il était sans nouvelles. Dès qu'il l'aperçut, il eut la cruelle impression que Louis le fuyait. Albert le rattrapa et eut le sentiment qu'un inexplicable malaise venait ternir leurs retrouvailles. Ce n'était plus l'ami fidèle qu'il avait connu.

En fin d'après-midi, Albert termina de préparer son lit avant de grimper au troisième étage rejoindre le dortoir des dernière année. Il chercha Louis du regard, sans succès. Il s'apprêtait à redescendre, différant l'explication qu'il souhaitait, lorsqu'il l'aperçut, les bras chargés de ses draps et couvertures. Sur son passage, Albert s'écarta afin que son ancien camarade puisse s'installer. Louis l'ignora superbement et s'en alla à sa nouvelle place. L'affront était évident. Albert voulut vider l'abcès au plus vite et se dirigea vers Louis d'un pas décidé :

— Qu'est-ce qui se passe, tu m'évites ?

Louis ne répliqua pas, gêné. Albert insista et lança sans ménagement :

— Tu fais la gueule ?

— …

— Réponds, s'emporta-t-il.

La détermination de son camarade surprit Louis. L'épreuve qu'il avait subie l'avait aguerri.

— C'est ma mère.

— Quoi, ta mère ?

— Elle ne veut plus que je te parle.

— Pour quelles raisons ? demanda Albert, dérouté.

— …

— Je t'écoute.

— Bah… c'est à cause de ton père.

S'il y avait un sujet qui mettait Albert hors de lui, c'étaient toutes les allusions sur son père. Sa colère enfla, et s'il ne s'était pas agi de Louis, il se serait rué sur son interlocuteur pour le rouer de coups de poing. Pâle, il serra les dents et se détourna de celui qu'il avait autrefois considéré comme son camarade. Albert se réfugia dans les lavabos du deuxième étage, déserts à cet instant-là, s'assit sur le carrelage glacé et se prit la tête dans les mains. Tout recommençait, il allait devoir subir les sarcasmes et l'opprobre des pensionnaires. La réputation de sa famille était entachée, comme si son père avait tué quelqu'un. Il redoutait d'être montré du doigt. Cette fois-ci pas question de se laisser faire, s'il le fallait, il était prêt à se battre. Avec les épreuves, son caractère s'était endurci et physiquement, il avait changé. Fini le surpoids de l'année précédente. Les quelques mois à trimer à la Chancelière y étaient pour beaucoup. Sa voix s'était transformée. Elle était désormais puissante et sonore. Plus âgé que ses nouveaux camarades de deuxième année, Albert les dépassait tous d'une tête. Se faire respecter deviendrait tout naturel, et gare à celui qui dirait un mot de travers sur son père.

—

Dès la première leçon de la journée, Albert fut surpris de constater qu'en cette rentrée, le conflit restait présent à tous les moments ou presque de la vie des élèves. Une partie de l'établissement avait été réquisitionnée et les classes s'en trouvaient surchargées. Par ailleurs, il fallait réaliser des économies sur le chauffage et l'électricité. Le directeur qui venait d'arriver décida que les cours débuteraient plus tôt.

Les professeurs, qu'ils fussent rappelés ou non mobilisés, avaient de nouvelles cartes de France. Fini celles où l'Alsace et la Lorraine n'étaient pas françaises. Des boîtes en métal trônaient sur les bureaux des maîtres en vue du programme d'exercices militaires qui avait été mis au point.

Cette première journée commença par une lecture sur le courage des enfants. L'enseignant les exhorta à ne pas se plaindre. « Il y a des plus malheureux qui résistent », assura-t-il. Il fit comprendre aux élèves qu'ils avaient un devoir envers les combattants : « C'est parce que des soldats sont tués que les civils peuvent vivre. » Pour conclure, il affirma que les jeunes devaient chercher le moyen de payer aux militaires leur dette d'amour et de reconnaissance.

Albert se sentit visé. Il s'imagina que l'enseignant venait de prononcer ces mots à son intention. Il ignorait qu'au même instant, dans toutes les classes, des propos identiques étaient tenus.

Les jours suivants, le garçon remarqua que ses craintes d'être pris à parti à propos de son père étaient vaines. Pas la moindre allusion, à croire que les élèves n'étaient pas au courant. Louis savait, lui, mais il n'avait rien dit.

—

Les jeudis après-midi en compagnie de Louis et de Suzanne n'étaient plus qu'un lointain souvenir. Tous les quinze jours, Marcel Boulay, accompagné de Victorine, venait passer une partie du dimanche avec Albert. Sa mère lui racontait sa nouvelle vie qu'elle trouvait moins pénible que la précédente. Albert, quant à lui, assura qu'il s'était fixé un seul objectif : obtenir les meilleurs résultats possibles afin de pouvoir, un jour, enseigner à son tour. Il devait agir de la sorte en mémoire de son père. Cette perspective réjouit Marcel Boulay : « Un jour, tu prendras ma place à la mairie ! » prédit-il.

Le mois de décembre approchait à grands pas. La traditionnelle visite du dimanche eut lieu cette fois-ci le samedi. Il y avait un an qu'Hector avait été exécuté avec ses camarades. Ce 4 décembre, Victorine et Albert ne pouvaient pas se recueillir sur la tombe d'Hector qui reposait dans la terre de l'Aisne. Seuls son portefeuille et sa dernière lettre avaient été rapportés du front.

Marcel Boulay s'aperçut combien la mère et le fils restaient affectés par les circonstances de la mort d'Hector. Comment pourraient-ils comprendre ce qui ne pouvait l'être ? Il partageait leur peine et les invita à déjeuner dans une auberge du village. Victorine protesta, elle avait apporté les provisions nécessaires pour l'en-cas du midi. Marcel insista tant qu'elle finit par se laisser convaincre pour la plus grande joie d'Albert qui entrevit l'occasion d'un menu varié et copieux. Cela le changerait de celui de la pension.

Au cours du repas, Marcel s'enquit auprès du garçon du déroulement de ce début d'année scolaire. Albert déclara qu'il avait retrouvé le plaisir d'apprendre et que tout se passait pour le mieux. Il tut les rares conflits vite résolus par quelques coups de poing. Bon élève, ce premier trimestre qu'il avait déjà effectué l'année précédente n'avait été qu'une formalité. Il ne refusait jamais d'aider un camarade en difficulté. Cette attitude le faisait apprécier de l'ensemble de la classe. Marcel insista :

— Et ton ami Louis, tu ne parles plus de lui ?

— Ce n'est plus mon copain.

— Vous êtes fâchés ?

— Sa mère ne veut plus qu'il me cause.

— Pourquoi donc ?

— …

Marcel comprit la gêne d'Albert et ne souhaita pas que la conversation se termine sur des non-dits.

— C'est à propos de ton père ?

— Oui.

— Tu as raison, ignore-le. Il n'en vaut pas la peine.

Victorine écoutait sans broncher. L'amertume se lisait sur la figure de son fils et elle en était malheureuse. Elle espéra détendre l'atmosphère :

— Dommage pour sa sœur Suzanne !

Marcel changea de sujet, car il avait cru percevoir que le visage du garçon avait rougi.

Le repas terminé, ils firent une courte promenade, puis il fallut songer à se séparer. Jules patientait devant l'auberge avant de ramener le maire et Victorine à Neuillé-sur-Racan. Quant à Albert, l'internat l'attendait pour les dernières semaines avant les vacances de Noël.

22.

Dans la vallée de la Marne, la bataille de Verdun débutait. En Touraine, le mois de février fut marqué par d'abondantes chutes de neige. Neuillé-sur-Racan et Saint-Christophe-l'Escotais n'y échappèrent pas. Dans les dortoirs de l'internat, la température chuta à la limite du supportable. Malgré l'interdiction des surveillants, beaucoup d'élèves se couchaient tout habillés.

Les nouvelles du front, que commentaient les enseignants, n'étaient pas rassurantes. Depuis le 21 février, la bataille de Verdun avait commencé. Personne ne se doutait à cet instant qu'elle ne se terminerait qu'au mois de décembre. Avec elle, le commandant en chef de l'armée allemande ne voulait-il pas : « saigner à blanc les troupes françaises sous un déluge d'obus ! » ?

À cause des intempéries, les visites dominicales s'espacèrent tant il devenait impossible d'atteler Jules par ce temps-là. Albert se retrouva alors à passer plusieurs dimanches sans sortir de l'internat.

Une accalmie permit à Marcel et Victorine de reprendre la route de Saint-Christophe-l'Escotais. Albert profita de cette nouvelle rencontre avec Marcel pour se faire une idée sur le dénouement du terrible affrontement. Le maire, dont la rancœur contre les officiers d'active ne faiblissait pas, s'en prenait à l'incompétence de l'état-major parisien.

Lors d'une visite en mars, Marcel piqua une colère noire contre la hiérarchie militaire. Il venait d'apprendre qu'une fois de plus, quatre caporaux avaient été fusillés à Souain. Pour l'exemple !

Avec le printemps, des nouvelles des premières lignes arrivèrent. Elles n'étaient guère encourageantes. Le général Nivelle succédait à Pétain en avril. Bien sûr, au début, il conduisit des engagements victorieux. Toutefois, ses victoires laissaient un goût amer en dépit de sa popularité qui grandissait auprès des troupes. Ce général n'avait guère de respect pour les vies humaines, lançant sans relâche ses hommes à l'assaut.

En décembre, il promit même un succès rapide !

—

Depuis le début de l'été, les élèves de l'école, comme dans de nombreux établissements de la région, étaient mobilisés afin de participer à la production agricole. Au moment de la moisson, Albert fut de ceux qui se portèrent volontaires pour apporter leur aide dans les exploitations des alentours. Ce travail ne l'effrayait pas.

Dans la ferme où il fut affecté, le grand-père avait pris la relève de son fils, parti sur le front. Le moissonnage serait fait par les hommes valides aidés par quelques permissionnaires. Les femmes quant à elles prépareraient les meules.

Tel un cirque ambulant, la batteuse, la lieuse et la loco étaient arrivées la veille. Sans tarder, il avait fallu caler les engins et placer les courroies afin d'être prêts pour le lendemain.

Au petit matin, le chauffeur alluma sa machine, remplie d'eau et commença à la graisser avec soin. Il devait attendre plus d'une heure que le liquide chauffe et se transforme en vapeur qui, libérée par des robinets, parvenait dans les pistons pour les pousser et leur imprimer un mouvement de va-et-vient. Dès la pression désirée obtenue, un coup de sifflet strident rassembla les ouvriers et le travail put alors débuter. Chacun rejoignit le poste qu'il occupait l'année précédente. C'était ainsi, on ne changeait pas. Pour remplacer les absents, tous les hommes valides restés au village avaient été réquisitionnés. Sur le tas de gerbes, la mère et sa belle-fille à l'aide d'une fourche à trois dents eurent pour mission d'alimenter la batteuse. À son arrivée à la ferme, Albert sur l'ordre du grand-père prit la place de la patronne en haut de la meule.

Dans des odeurs de paille, tous travaillèrent au milieu d'un bruit assourdissant de machines et de commandements hurlés. Les seuls moments de silence furent lorsqu'à plusieurs reprises, la courroie du tracteur sauta et paralysa l'ensemble. La pause annoncée par un coup de sifflet offrit aussi quelques instants de calme. Les enfants servirent, au pichet tiré au fût, quelques canons de rouge, de blanc ou de cidre de la dernière récolte. Pendant ce temps, le conducteur procéda au graissage de ses machines. Albert profita de ce bref répit pour s'allonger en haut de sa meule, fermer les yeux et goûter un repos mérité. La cadence était soutenue et son dos commençait à le faire souffrir. La bru de la maison ne l'oublia pas et lui apporta un verre de cidre frais que le garçon apprécia.

À midi vint l'heure tant attendue du repas. Avant le conflit, c'était l'occasion pour la fermière de révéler ses talents de cuisinière. C'était tout à son honneur de savoir que sa table fût l'une des meilleures et des mieux achalandées de la région. Mais la guerre obligeait à des restrictions. La patronne s'était démenée pour ne pas ternir une réputation si chèrement acquise au fil des ans. Elle offrit à la quinzaine d'hommes et de femmes, un repas digne de ce nom. Elle voulut montrer à tous les paysans voisins, qui étaient venus les aider, qu'elle n'était pas pingre. Cela fut l'occasion de tordre le cou à quelques vieilles poules de la ferme et plusieurs mères lapines bien grasses qu'elle accommoda en ragoût. Le tout accompagné d'une grande quantité de patates, navets, choux et carottes qui baignaient dans le jus.

Avant la guerre, les femmes n'étaient pas présentes autour de la batteuse, sauf pour servir à boire à la pause, ce qui apportait la gaieté, favorisait les plaisanteries et… les mariages ! Elles étaient occupées à la cuisine où elles préparaient les repas pour toute cette équipe, car pour les battages on mettait les petits plats dans les grands. Il fallait que rien ne manque ! Cette année-là, tout était différent, les bras des hommes faisaient cruellement défaut.

Albert profita de ce que des seaux d'eau avaient été placés à la disposition des courageux travailleurs pour se livrer à une rapide toilette. Puis il prit place autour des planches montées sur tréteaux qui faisaient office de tables. D'autorité, le grand-père lui servit un verre de vin rouge rempli à ras bord pour, dit-il « t'apporter le courage nécessaire pour le travail qui reste. » Le garçon refusa les autres, car il n'était pas dans son habitude de consommer de l'alcool dont il craignait les conséquences avec la chaleur. Force canons furent bus par ses compagnons du jour.

Les conversations vinrent naturellement sur les événements du front et la bravoure des soldats qui combattaient pour ceux de l'arrière. Albert ne voulait pas participer à ces échanges. Il ignorait si les paysans qui l'entouraient connaissaient le drame de sa famille. Il redoutait qu'une allusion fût glissée sur son père. Il s'éloigna et grimpa en haut de la nouvelle meule qui devait être battue dès la reprise du travail.

Au bout d'une heure, le conducteur retourna préparer ses machines pendant que les ouvriers buvaient le café suivi d'un coup de marc de raisin. Dans la cour, la batteuse se remit en route. Un coup de sifflet ; tous replièrent leur couteau, le glissèrent au fond de la poche de leur bleu et repartirent pour un long après-midi de labeur. Albert sursauta, car le sommeil l'avait gagné.

En toute fin de journée, les grains étaient à l'abri dans les greniers. Le matériel rangé, chacun tentait d'oublier sa peine et sa fatigue. Les ouvriers de l'entreprise de battage pensaient au lendemain, au prochain cultivateur chez qui ils iraient battre. Certains préféraient s'attarder sur l'accueil qui leur serait réservé, sur ce qu'ils mangeraient et sur la capacité et la générosité du fermier à leur servir à boire. C'étaient les seuls bons moments de leur fichu métier.

Albert ne traîna guère. Trop fatigué pour rentrer chez sa mère, il s'isola dans une grange. À peine s'était-il allongé qu'il sombra dans le sommeil. Pour lui, la journée avait été rude.

Le lendemain matin, les membres tout ankylosés par les efforts de la veille, Albert pénétra dans la cuisine de la ferme. Le grand-père, en bout de table, était en train de casser la croûte et l'accueillit avec beaucoup d'amabilité :

— Tiens, voilà le petit Bébert.

— Bonjour, patron.

— Pas trop fatigué ?

— Un peu.

— Assis-toi et fais-toi une tartine, lui dit-il en faisant signe à sa bru de servir un café à Albert.

Le repas se poursuivit dans le silence. Son verre de goutte avalé, le grand-père sortit son porte-monnaie, y saisit quelques billets et pièces qu'il déposa sur la table devant le garçon :

— Tiens, pour ton travail. Et si tu veux, tu peux revenir l'année prochaine.

Albert se leva, prit son dû :

— Merci, patron.

Il salua le patriarche et sa belle-fille avant de quitter la cuisine.

Lorsqu'il eût franchi la porte, la bru s'adressa à son beau-père :

— Vous avez raison, père, il est gentil ce garçon, et courageux. C'est un bon ouvrier.

Après quelques instants de réflexion, elle continua :

— Vous le connaissiez ?

— Oui. C'est le fils du fusillé !

Par chance, Albert, déjà sur la route du retour, ne put entendre. Malgré tout le respect qu'il devait au patron, il n'aurait pas manqué de le rabrouer sans ménagement.

—

À Neuillé-sur-Racan, le maire ne cessait d'annoncer les mauvaises nouvelles. Les victimes de la bataille de Verdun s'ajoutaient à celles des autres fronts. Les tenues noires des épouses, des mères envahissaient le village, marquant l'avancée de l'ennemi.

Les moissons terminées, Albert trouva interminable le reste de l'été. L'espace de la Chancelière lui manquait. Il aida Victorine pour la soulager dans ses travaux. Plutôt que de la fabrication ou la vente du fromage, il préférait s'occuper des chèvres dont il appréciait la compagnie. Même s'il était heureux d'être avec sa mère, Albert était impatient de reprendre les cours et de commencer sa dernière année à l'école de Saint-Christophe-l'Escotais.

23.

La rentrée de septembre marquait pour le jeune homme le début de sa troisième année. S'il voulait enseigner, il devrait la réussir à tout prix afin d'intégrer l'École Normale Primaire. Au mois de juillet, Louis avait été reçu à ses examens et Albert venait d'apprendre qu'il avait rejoint un établissement militaire préparatoire. Les deux anciens camarades ne s'étaient pas adressé la parole de toute l'année scolaire. Albert gardait une amertume et une rancœur vivaces envers Louis. De quel droit sa famille pouvait-elle juger son père ? Ils ignoraient ce qui s'était réellement passé. Albert faisait siens les propos du maire de Neuillé-sur-Racan qui affirmait : « Certains devront rendre des comptes lorsque cette foutue guerre sera terminée. »

Quant à la bataille de Verdun, après que les Français eurent repris la ferme des Chambrettes à la mi-décembre, elle prenait fin sur un bilan peu convaincant sur le plan militaire. Les pertes étaient considérables.

—

Albert restait appliqué et studieux. Depuis son retour à l'internat pour sa dernière année, il ne s'était guère fait de camarades. Il craignait les remarques qui pourraient être lâchées sur son père et se mettre à l'écart lui évitait la hantise que le douloureux sujet fût abordé.

Lors d'une de ses visites du printemps 1917, Marcel apprit à Albert que les mouvements de protestation grondaient dans plusieurs régiments. Un grand nombre de soldats qui n'avaient plus confiance dans leurs officiers s'étaient révoltés. Les tribunaux avaient envoyé de pauvres troufions devant le peloton d'exécution, dans les bagnes ou en prison. En rapportant ces faits, Marcel s'énerva contre ceux qu'il continuait d'appeler : « Ces salauds de planqués ! »

—

Pour Albert, comme pour tous les élèves de troisième année, les cours se terminèrent au mois de juillet par les examens. Le garçon obtint d'excellents résultats et son admission à l'École Normale Primaire ne posa aucun problème. En octobre, il effectuerait sa rentrée pour trois nouvelles années d'étude. Avant, il allait passer ses vacances à s'occuper des chèvres que sa mère avait en charge. Cela ne lui déplaisait pas et permettait à Victorine d'être soulagée d'une partie de son travail.

Aux derniers jours de juillet, la fin de la guerre semblait loin, alors qu'Albert venait d'arriver chez lui pour ses congés d'été. Il ne s'attendait pas à vivre la drôle d'aventure qui allait mettre le village de Neuillé-sur-Racan en ébullition.

Il était dix heures du soir ce lundi-là, lorsqu'un des brigadiers de permanence à la gendarmerie fut avisé qu'un individu, un peu louche, rôdait près du domaine.

Dans le village, tout le monde se connaissait. Quand un étranger passait sur la route principale, il se trouvait toujours un habitant pour le remarquer. Le gendarme enfourcha son vélo et, par un chemin détourné, se rendit sur les lieux afin de surprendre le gaillard par revers. Il l'aperçut près de la maison de Victorine aux abords du château. Le rôdeur se retrouva face au brigadier qui lui réclama ses papiers. L'homme fit mine de chercher son portefeuille dans sa poche lorsque, sans crier gare, il saisit un pistolet et fit feu à bout portant sur le sous-officier qui, atteint au thorax, s'écroula. Sans demander son reste, son agresseur s'enfuit à travers champs pour gagner la forêt toute proche.

La détonation alerta Albert qui était en train de lire dans la cuisine. Il sortit, s'avança de quelques pas et découvrit le gendarme gisant au sol sans connaissance. Il prévint Victorine puis enfourcha le vélo du brigadier et pédala comme un dératé jusqu'à la gendarmerie avant de se rendre chez Marcel Boulay. Le médecin, appelé par le maire, prodigua les premiers soins sur place, toutefois devant la gravité de la blessure, il ordonna le transport du blessé à son cabinet. L'état de santé du malheureux ne supporterait pas le long voyage vers l'hôpital de la ville.

Pendant ce temps, les brigades de la région furent alertées et la chasse commença pour retrouver le fugitif. La nuit qui tombait ne facilita pas les recherches et il fallut bientôt renoncer. Le rôdeur courait toujours, mais tous se persuadaient que sa cavale ne durerait pas longtemps.

Les jours suivants, toute la contrée fut en émoi. L'état du brigadier avait empiré. Il souffrait le martyre avec un poumon transpercé. Les militaires continuèrent les investigations dans la campagne environnante.

Albert avec les métayers du château et les hommes du village tint à y participer malgré l'interdiction des gendarmes. « L'individu est armé », les avait-on prévenus. Qu'importe, les fusils de chasse avaient quitté le dessus des armoires !

Quelques jours plus tard, le fuyard fut aperçu à la lisière d'un bois. Dès qu'il vit les forces de l'ordre, il tira de nouveau dans leur direction. Les policiers se mirent à couvert et ripostèrent. Encerclé et touché au bras, le fugitif venait enfin d'être capturé.

Petit à petit, l'état de santé du brigadier s'améliora. Lors de l'interrogatoire du prisonnier, les militaires apprirent qu'il s'agissait d'un déserteur qui avait déjà fait usage de son arme pour des agressions et des vols.

Le village put retrouver sa tranquillité.

—

À dix-huit ans passés, Albert était devenu un bel homme qui ne laissait pas indifférentes les jeunes filles de Neuillé-sur-Racan. Pour elles, le passé était loin et elles avaient perdu le souvenir du tragique destin de son père. Leurs préoccupations du moment étaient tout autres. Il n'en était pas de même pour quelques familles du village qui continuaient de surnommer Albert « Le fils du fusillé ». Elles veillaient néanmoins à ne pas prononcer ces paroles devant le garçon. Toutes se souvenaient qu'aux dernières vacances, un jeune du bourg qui avait eu le malheur de l'apostropher ainsi n'était pas près de l'oublier.

Aux premiers jours de congés, comme l'année précédente, Albert s'en alla donner quelques coups de main pour les moissons dans les fermes des alentours. Les semaines suivantes, après la traite du matin, il partait, un livre sous le bras, conduire le troupeau de chèvres dans son enclos. Il restait sur place à les surveiller. Il y en avait toujours une pour tenter de s'échapper pour brouter plus loin. Depuis le temps, Albert connaissait leur petit manège, elles se levaient sur les pattes arrière, et elles sautaient par-dessus la clôture ! Il en suffisait d'une et toutes la suivaient. C'était la course pour rassembler le troupeau. Albert n'emmenait jamais un chien avec lui. Pour les bovins, il aurait été utile, pas pour les chèvres.

Il lui fallait déplacer l'enclos tous les deux ou trois jours. Avec la guerre, les friches étaient nombreuses. Albert préférait les biquettes aux vaches de son enfance. Elles étaient curieuses et n'hésitaient pas à venir vers lui.

La seule chose qui lui était insupportable était l'abattage des chevreaux. Ce n'était pas Victorine qui s'en chargeait et ce jour-là, la mère et le fils se réfugiaient chez Marcel Boulay pour quelques heures.

Sa rentrée pour l'École Normale de Tours était fixée au mois d'octobre. Plein d'espoir, Albert s'apprêtait à faire ses premiers pas dans le monde des adultes.

24.

En octobre 1917, le jeune homme commença sa nouvelle formation. Il avait pu y accéder par la voie royale, l'École Normale. Il allait devenir instituteur, l'un de ces fameux Hussards noirs de la République. Charles Péguy avait popularisé le terme dans *L'Argent* en 1913. Ce surnom, donné sous la IIIe République, venait de la teinte foncée et austère de leurs pantalons, gilets et redingotes. Sans oublier la casquette plate qu'Albert trouvait ridicule. Elle complétait l'uniforme civil qui était plus sévère que celui des militaires !

Albert s'aperçut dès les premiers jours qu'à l'École Normale le travail était intense, livresque pour l'essentiel. La journée commençait de bonne heure et se terminait tard. L'établissement était un véritable monastère laïque. C'en était fini des visites de Victorine et Marcel. La distance était trop grande pour Jules. Albert ne pourrait retourner chez sa mère qu'aux vacances de Noël et, si tout allait bien, une autre fois dans le courant de l'année scolaire. Il consentait ce sacrifice en mémoire de son père qui aurait été si fier de le voir devenir instituteur.

S'il avait peu d'amis parmi les élèves, Albert avait noué une solide relation avec un des surveillants. Le jeune homme ne rêvait que d'aviation et était intarissable sur les exploits de Georges Guynemer. Ce descendant de Louis XIV avait tenté de s'engager dès le début du conflit, mais les médecins militaires l'avaient trouvé chétif et déclaré inapte. Après avoir fait des pieds et des mains, il avait été admis au titre du service auxiliaire comme apprenti mécanicien, toutefois il n'avait pas le droit de voler. Un capitaine avait fini par accepter de le prendre, en situation irrégulière. Devenu pilote, Georges Guynemer avait cassé beaucoup d'avions à l'atterrissage. Par la suite, il avait remporté un si grand nombre de victoires qu'il avait gagné le surnom d'as des as. Le surveillant savait si bien conter les exploits de son héros qu'Albert n'en perdait pas une miette.

—

Dès janvier 1918, après les vacances de Noël passées auprès de Victorine, Albert reprit ses études avec un acharnement infatigable. Il voulait réussir sa première année. Il sacrifia les quelques jours de congés de printemps, par souci d'économie, mais aussi afin de réviser et obtenir son passage en deuxième année. Ce fut ainsi qu'à l'été, il rentra à Neuillé-sur-Racan retrouver sa mère… et ses chèvres, assuré de poursuivre le chemin qu'il s'était choisi.

Marcel Boulay l'informa des événements sur le front. Ainsi, depuis la mi-juillet, la seconde bataille de la Marne avait commencé. Ce n'étaient qu'offensives allemandes et contre-offensives alliées qui vinrent encore alourdir le bilan des tués ou blessés.

—

Albert venait de faire le mois précédent sa deuxième rentrée à l'École Normale Primaire tandis que l'épidémie de grippe espagnole causait de nombreuses victimes. Marcel avait su contourner la censure de guerre qui en limitait l'écho.

L'automne s'annonçait on ne peut plus humide. La pluie s'était installée, tenace. Les châtelains de Neuillé-sur-Racan se montraient satisfaits du travail de Victorine et se félicitaient d'avoir cédé à l'insistance pressante de Marcel

Boulay. Depuis que la mère d'Albert était venue à leur service, la renommée de leurs fromages s'était répandue au-delà du village. Toute la production de la chèvrerie du château s'écoulait dès lors dans tout le canton. Les épiciers, les aubergistes n'hésitaient pas à se déplacer pour se procurer les spécialités de Victorine qui séduisaient une clientèle aisée et exigeante.

—

Après quatre années de désastre, le jour tant espéré arriva. Le lundi 11 novembre, à onze heures, à Tours, comme à Neuillé-sur-Racan, de même que partout en France, les cloches sonnèrent à la volée la fin de la guerre.

Au front, le cessez-le-feu fut claironné sur toutes les premières lignes, mettant un terme à un conflit effroyable. Dans la zone d'affrontement, pour la première fois, les soldats français et allemands sortirent des tranchées, sans la terreur de voir leur vie fauchée. Comme l'écrivit Foch : « Un silence impressionnant succédait à cinquante-trois semaines de bataille… » Un armistice avait été conclu le matin entre les alliés et l'Allemagne. Il laissait derrière lui huit millions de morts et près de vingt millions de blessés.

À Neuillé-sur-Racan, le maire ordonna de pavoiser tous les édifices publics, imité en cela par la population. La vie allait tenter de reprendre, les blessures allaient essayer de cicatriser. Le soir, sur les marches de la mairie, fidèle à ses idées, l'élu tint à exprimer quelques réflexions personnelles : « Ce jour où les cloches de nos églises répandent sur nos campagnes les allégresses éperdues de l'armistice, toutes les femmes de France frissonnent longuement : les unes penseront avec douleur, mais avec une fierté vaillante à ceux que la mort a couchés sur des branches de laurier, les autres tressailliront, enivrées par la joie du revoir proche. D'autres, malheureuses, toutes seules dans leurs maisonnettes, sangloteront, le rouge de la honte au front, l'amertume infinie et la désespérance au cœur, délaissées, méprisées, repoussées, persécutées… »

L'allusion à Victorine Meunier n'échappa à personne.

Pour l'occasion, le curé décida qu'un service religieux aurait lieu le lendemain. Nombreux y assistèrent, mais le maire s'abstint. Il n'avait pas oublié que le prêtre avait refusé de célébrer un office pour la mort d'Hector. Le recueillement fut immense, même si beaucoup ne parvinrent pas à apprécier ce moment, trop de drames occupaient les mémoires. L'absence des hommes restés au front se ressentait d'une manière cruelle. Dans un coin à l'écart de tous, Victorine pleura discrètement son cher Hector. Les survivants voulaient croire que le conflit qui s'achevait serait le dernier de l'Histoire, qu'une paix durable s'instaurerait. Ce devait être la "der des ders", *« Mais à quel prix les Français en sortaient-ils victorieux ? »* ne manqua pas de s'interroger Marcel.

—

Quelques mois plus tard, dans le village, le souvenir des événements de l'été 1917 était tenace. Personne n'avait oublié qu'un rôdeur avait blessé un sous-officier de la gendarmerie.

À son procès, les errements de l'accusé furent énumérés par le greffier. Depuis sa désertion, la liste était longue. Les circonstances de son évasion furent rappelées. Le prévenu devait passer devant le conseil de guerre et avait profité d'un moment d'inattention pour fausser compagnie aux gendarmes qui le gardaient dans les locaux disciplinaires. Il avait déjà fait usage de son arme.

Interrogé par l'avocat général, le déserteur avait affirmé qu'au front il était condamné à mort tous les jours, alors : « Une fois de plus, une fois de moins ! »

Les faits reprochés étaient graves, d'autant que le brigadier, grièvement blessé à Neuillé-sur-Racan, ne reprendrait jamais son poste.

Le détenu ne passerait pas sous le couperet de la guillotine, gracié par le président de la République, il finirait ses jours au bagne de Cayenne.

Tenu informé par Marcel Boulay qui avait suivi le procès, Albert ne put s'empêcher de voir dans cette sanction une certaine injustice. La condamnation à mort de son père avait été sans appel ! *« Il aurait dû déserter et se cacher,* songea-t-il un instant, *au moins il serait de ce monde, car lui n'aurait jamais utilisé une arme contre un compatriote ! »*

25.

Octobre arriva et avec lui vint le temps pour Albert de faire sa dernière rentrée. Avant de quitter Neuillé-sur-Racan pour rejoindre Tours, il ne manqua pas de saluer Marcel Boulay. Le maire l'informa des démarches entreprises pour la réhabilitation d'Hector.

Albert voyait poindre, enfin, l'espoir d'une bonne nouvelle.

—

En cette fin d'année, comme tous les matins, Victorine était affairée. À six heures, elle débuta sa longue journée par nettoyer les auges après avoir retiré le rebut de foin avant d'en distribuer du nouveau. Dès sept heures, elle commença la traite qui dura *jusqu'au* cœur de la matinée. Les châtelains lui avaient proposé de l'aide qu'elle s'était empressée de refuser : « Je ne veux personne dans mes pattes », avait-elle affirmé. À dix heures, après une nouvelle distribution de fourrage, un des employés du château vint prendre en charge le troupeau pour l'emmener dans un enclos *jusqu'en* fin d'après-midi.

Pour Victorine, le travail n'était pas terminé. Elle commença le caillage du lait recueilli avec celui de la veille au soir. Elle passa ensuite au moulage et à l'égouttage du caillé de quarante-huit heures, puis s'en alla retourner et saler les préparations plus anciennes. Jusqu'à la traite en fin de journée, Victorine n'eut guère de temps libre.

Ce matin-là, elle était en train de terminer sa distribution de foin lorsqu'elle aperçut le maire tout essoufflé qui peinait à franchir les derniers mètres qui le séparaient de la chèvrerie du château :

— Victorine, Victorine ! la héla-t-il, agitant une feuille de papier à bout de bras.

« Qu'est-ce qu'il peut me vouloir ? » s'étonna la mère d'Albert.

— Regarde, dit-il en lui tendant la lettre, la Cour d'appel de Riom a ouvert une enquête sur les événements ayant conduit au jugement d'Hector.

Cette nouvelle surprit Victorine et la replongea cinq années en arrière. Le drame l'habitait encore et, à son évocation, les souvenirs ressurgirent au moment même où les larmes venaient inonder son visage. Inquiète, elle prit la missive d'une main tremblante et la lut avec une attention soutenue. D'anciens poilus avaient témoigné et raconté dans les moindres détails les dernières journées de novembre 1914. Ils connaissaient les faits. Et pour cause, certains avaient échappé à l'horrible tirage au sort. Inculpés, ils avaient fait partie des chanceux qui n'avaient écopé que de soixante jours de prison ! Peine légère au regard de celle des six malheureux. À la fin de la lettre, il était précisé que l'Union Nationale des Combattants œuvrait pour une éventuelle disculpation des six poilus.

— Qu'est-ce que cela signifie ? demanda-t-elle, hésitante, au maire.

— Je te garantis qu'avant longtemps, le nom d'Hector figurera sur le monument aux morts, affirma Marcel. Cela ne fera pas revenir le pauvre malheureux, mais il va falloir rendre des comptes !

À peine Marcel avait-il tourné le dos que Victorine s'accorda un peu de répit. Elle s'en fut dans sa maison, chercha avec une inhabituelle fébrilité, un bloc de papier et s'empressa d'écrire à Albert afin de lui annoncer, avec ses mots, la bonne nouvelle.

26.

Au mois de mai 1920, quelques exemplaires de l'édition du soir du quotidien régional *La Touraine républicaine* circulèrent de main en main parmi les élèves et les professeurs de l'École Normale Primaire. L'article que tous voulaient découvrir relatait les péripéties du président de la République Paul Deschanel.

Le 23, au cours d'un voyage en train, le chef de l'État pris d'une sensation d'étouffement s'était penché par la fenêtre et avait chuté de la voiture. Par chance, le convoi roulait à faible allure. Ensanglanté, avec des blessures somme toute bénignes, Paul Deschanel s'était retrouvé face à un cheminot qui surveillait une zone de travaux. Ce dernier s'était montré sceptique, mais avait conduit le blessé dans la maisonnette proche du passage à niveau. La gendarmerie avait été prévenue.

Tous s'imaginaient la scène. Chacun y allait de son commentaire. Albert s'amusa de la conclusion du journaliste qui rapportait les propos de la femme du garde-barrière : « J'avais vu que c'était un monsieur : il avait les pieds propres. »

L'incident avait commencé à avoir un retentissement certain lorsque vers sept heures du matin, avant l'arrivée du train à Roanne, on s'était aperçu que le président de la République avait disparu. La suite présidentielle qui attendait sur le quai avait été informée des événements survenus dans la nuit.

L'épisode du chemin de fer donnait évidemment lieu dans la presse à de nombreuses caricatures, souvent cruelles, et excitait la verve des chansonniers.

—

Loin de cette étrange aventure, l'Union Nationale des Combattants multipliait les démarches et les rencontres en vue d'un nouveau procès. Elle ne ménageait pas sa peine. La tâche était immense, car elle la menait pour toutes les veuves et tous les orphelins des fusillés pour l'exemple. Dans le cas d'Hector et ses cinq camarades, ce fut la détermination et l'acharnement d'un ancien poilu qui permit de faire avancer la requête.

L'espoir qui avait galvanisé Albert, lorsqu'il avait appris par sa mère les démarches de l'Union Nationale des Combattants, retomba. La légitime impatience de connaître les véritables circonstances de la condamnation de son père avait tourné à l'obsession. Ce besoin de savoir s'aiguisa à l'approche de son incorporation pour accomplir son service militaire. Dans quelques mois, il serait confronté avec l'armée, celle qui avait exécuté Hector.

Marcel Boulay, pour sa part, restait confiant quant à l'issue des interventions de l'UNC. N'avait-il pas répété qu'il faudrait que certains rendissent des comptes lorsque cette foutue guerre serait terminée. « Le moment est arrivé », assura-t-il à Albert qui, lui, en doutait. Le maire se démena pour obtenir toutes les informations possibles sur la tragédie de décembre 1914. Une bonne nouvelle lui parvint : le ministère, mis sous pression, acceptait la révision du procès dont l'audience aurait lieu à la fin de l'année.

—

Un dimanche matin, le maire vint trouver Victorine. Il était accompagné d'un individu qu'elle ne connaissait pas.

— Victorine, je te présente Clément. C'était un des camarades d'Hector. Il a fait partie des condamnés comme ton pauvre mari. Par chance, il n'était pas parmi les six malheureux.

Victorine regarda l'homme qui triturait sa casquette. Il semblait gêné en sa présence.

— J'ai fait venir ce garçon afin que tu saches ce qui s'est passé. Comme cela, tu pourras tout raconter à Albert.

Après avoir prié ses visiteurs de prendre une chaise et leur avoir servi un verre de vin, Victorine s'installa en bout de table et attendit. Il fallut plusieurs encouragements du maire pour que Clément commençât son récit :

— … La matinée de ce samedi 27 novembre avait été calme. Le commandement avait confié la garde de la tranchée de la "Maison détruite" à notre chef de section, un sous-lieutenant. En début d'après-midi, l'officier avait convoqué votre mari pour lui ordonner d'occuper le boyau qu'il lui avait montré sur la carte. Il craignait que les Boches nous préparent un coup tordu.

Le caporal, enfin votre mari, nous a rassemblés et nous nous sommes mis en route. Les Boches nous ont bombardés, mais on était habitués. Vers quatre heures et demie, la corvée avait apporté la soupe. Nous avions à peine terminé, lorsqu'un des copains a gueulé : « Les Boches ! V'là les Boches. »

Clément, la gorge sèche, s'arrêta pour boire une gorgée de vin. Marcel s'aperçut qu'il hésitait à poursuivre et lui sourit avec bienveillance.

— Aussitôt, votre mari s'est levé et a vu que les Allemands avaient enlevé le petit poste d'en face. Pas un coup de feu n'avait été tiré ! Une dizaine de copains de la première ligne avaient été faits prisonniers. Les Boches maintenant venaient dans notre direction. Devant le danger, votre mari a pris la décision de refluer vers l'abri du chef de section. Dès qu'on l'a retrouvé, on lui a tout raconté. Aussitôt, il a ordonné le repli vers la tranchée de résistance.

Nous avons exécuté l'ordre, notre sous-lieutenant en tête. Ce n'était pas loin, à peine soixante mètres. Lorsque nous sommes arrivés, le chef s'est fait engueuler par le commandant de compagnie. On nous a ordonné de regagner notre position. C'est ce qu'on a fait, votre mari en tête et cinq minutes plus tard, toute la ligne était réoccupée sans un tué ni un blessé.

Nous avions cent mètres de terrain perdu et repris aussitôt. Personne ne pensait que le commandant de compagnie allait nous dénoncer à la division, qui à son tour le dirait au corps d'armée. Par malheur, cela arriva aux oreilles du gégène !

— Tu sais comment ça se passe, interrompit Marcel à l'adresse de Victorine. Le général demande d'urgence des renseignements à la division qui en réclame de toute urgence à la brigade, qui en exige d'extrême urgence du régiment !

— C'est ça, confirma Clément à présent en confiance. C'est ainsi qu'on a informé le gégène de notre repli. Il a décidé de faire un exemple. Il a même voulu faire fusiller les deux escouades. Pour finir, il a tranché la cour martiale pour nous, les vingt-quatre poilus, dont six seraient passés par les armes…

— Tu parles, intervint de nouveau Marcel, des ordres ont été donnés en conséquence au conseil de guerre. Les gars étaient condamnés avant le procès.

— En attendant, on nous a tous mis aux arrêts, poursuivit Clément. Dès le lendemain, notre sous-lieutenant est venu nous voir en nous demandant de ne rien dire. Il ne voulait pas qu'on cause de l'ordre de repli qu'il nous avait donné. « Ça pourrait compromettre vos camarades. Dites qu'il y a eu panique et tout s'arrangera. », nous a-t-il suggéré. On lui a fait confiance…

Victorine ne perdait pas une bouchée du récit de Clément. Elle attendait la seule explication qui pour le moment l'intéressait : *« Pourquoi Hector et pas Clément ? »* se surprit-elle à penser, le regrettant aussitôt.

Marcel encouragea l'ancien poilu :

— Continuez, Clément.

— … face au responsable de l'enquête, le commandant de compagnie lui a raconté que, sortant de son abri, il nous avait vus arriver en désordre dans le boyau alors qu'on revenait des tranchées de l'avant…

— Ce qu'il n'a pas dit, ajouta Marcel, c'est que le sous-lieutenant était à leur tête.

— C'est vrai, confirma Clément avant de poursuivre. À mon tour, le chef de bataillon m'a fait venir pour m'interroger. Je n'ai pas pu lui dire la vérité. Chaque fois, il m'ordonnait de me taire. À la fin, il m'a dit que je comparaîtrais devant le Conseil de guerre parce que je m'étais sauvé. J'ai voulu lui dire que j'avais été pris dans une bousculade… Je n'ai pas pu finir, il a aboyé : « Tais-toi ! »

L'ancien poilu revoyait avec difficultés la tragédie. Il marqua une pause dans son récit.

— Et après…, amorça Marcel avec douceur.

— … la cour martiale a été convoquée. On nous a à peine entendus et on nous a demandé de nous positionner à la place que nous occupions dans la tranchée. Ils ont désigné les six hommes les plus à droite : votre mari était de ceux-là. Les six martyrs venaient d'être choisis.

La cour s'est réunie dans une école, nous étions les vingt-quatre, solidaires. Votre mari, le plus âgé, tentait en vain de rassurer les plus jeunes. Au bout d'un quart d'heure, le conseil est entré en séance et a prononcé six condamnations à mort et dix-huit peines de soixante jours de cachot. Moi, comme les autres condamnés, j'avais gardé un peu d'espoir. On ne pouvait tout de même pas fusiller pour si peu. En temps de guerre, on avait besoin de soldats.

— C'était écrit d'avance. Les pauvres gars n'avaient aucune chance, s'emporta le maire.

Clément s'essuya les yeux avec son grand mouchoir à carreaux. Il ne savait pas si les larmes lui venaient du passé qui ressurgissait ou de voir Victorine en pleurs. Ce fut Marcel Boulay qui poursuivit :

— J'ai lu un extrait du journal de marche de leur régiment, le 298e d'infanterie. Le crime a été fixé au samedi 4 décembre. Les condamnés ont pu écrire une dernière lettre, celle que tu as reçue, précisa-t-il à l'adresse de Victorine qui sursauta sur le premier mot.

… Au petit matin, les six sacrifiés, Hector le premier, sont arrivés sur le terrain où devait avoir lieu l'exécution.

En entendant ces mots, Clément tourna ses yeux brillants et hagards vers Marcel. Il implora en silence de poursuivre le récit qu'il lui avait confié quelques heures auparavant.

— Ils étaient tête nue, la capote dégrafée, sous le vent glacial. Ils marchaient le front haut. Ils étaient déjà morts au monde. Ils avaient fait leurs adieux à la vie. Tous les bataillons disponibles formaient un carré. La 19e compagnie, la leur, était au premier plan. Bien que condamnés au cachot, on avait obligé les dix-huit autres bougres à être présents au premier rang, mais sans leurs armes. Les mains de leurs camarades tremblaient sur les crosses, non de peur, mais de fureur. Des larmes roulaient sur les barbes négligées.

L'émotion avait gagné petit à petit toute la compagnie. Cela se passa si vite que les gradés furent impuissants à la réprimer. Les officiers subalternes, auprès de leurs hommes, gardaient un visage dur. Ils baissaient la tête. Pendant la nuit, les poteaux avaient été dressés. D'un pas ferme, les six soldats allèrent s'y adosser avant d'être attachés. La section qui avait été désignée n'avait plus qu'à mettre à exécution son sinistre et douloureux devoir…

Marcel se tut. Il avait prononcé ces derniers mots d'une voix étranglée par l'émotion, mais qui cachait une rage prête à exploser. Victorine et Clément pleuraient en silence.

L'explication tant attendue était venue. Victorine devait maintenant garder en mémoire ce récit afin de le restituer à Albert. Marcel Boulay ne manquerait pas de l'y aider. Pas un instant, elle n'avait pensé que son Hector eût pu être un lâche. Au contraire, il s'était montré brave et cela devait être su.

Le dimanche suivant, Victorine prit le train pour Tours, la première fois depuis la préparation de la rentrée scolaire de septembre 1913 quand, en compagnie de son cher Hector, elle avait équipé Albert pour l'École Primaire Supérieure de Saint-Christophe-l'Escotais. Le souvenir de cette belle journée passée tous les trois, était ancré dans sa mémoire. Le coût du voyage, pour un simple aller-retour, fut un petit sacrifice auquel elle consentit volontiers, tant elle souhaitait raconter en détail à son fils ce qu'elle venait d'apprendre.

Lorsqu'en début d'après-midi, l'on prévint Albert qu'il était demandé chez le surveillant de service, le jeune homme fut tout étonné. Comme chaque dimanche, il avait profité de la matinée pour flemmarder et s'apprêtait à reprendre ses révisions avant de rejoindre ses camarades sur le terrain de sport.

Quelle ne fut pas sa surprise lorsqu'il aperçut Victorine ! Aussitôt, il redouta un malheur. Serait-il arrivé quelque chose à Marcel Boulay ? Avec sa mère, c'était la seule attache qu'il gardait. Il se rassura, car le visage de Victorine rayonnait comme il ne l'a pas vu depuis longtemps. Elle le prit par le bras et l'entraîna vers la sortie :

— Viens, faut que je te parle.

Albert se retourna vers le surveillant resté en retrait derrière son bureau. D'un signe de tête, le jeune homme interrogea le pion :

— C'est bon, Meunier, tu as la journée, mais retour à six heures.

Mère et fils quittèrent la pièce.

— Tu connais un endroit tranquille ? s'enquit Victorine.

— Il y a un jardin champêtre pas loin.

— Alors, allons-y.

En silence, ils prirent la direction du square. La curiosité démangeait Albert, cependant il respecta le mutisme de sa mère.

Parvenue dans la courtille, Victorine avisa un banc libre :

— Là, nous serons au calme, proposa-t-elle.

Ils se dirigèrent vers le siège et s'assirent. Victorine saisit les mains d'Albert qu'elle serra fort.

— Écoute-moi, mon garçon.

Et elle commença à raconter tout ce que lui avait révélé Clément, l'ancien poilu, ami d'Hector. Elle avait tellement ressassé ce récit qu'elle le rapporta presque mot pour mot. Albert ne bronchait pas. Au fur et à mesure, le visage de Victorine se baignait de larmes. Albert retenait les siennes alors qu'une rage froide l'envahissait. « Les salauds ! » furent ses seules paroles.

La mère et le fils passèrent le temps qui restait avant le retour de Victorine à se promener rue Nationale. L'heure du départ approchait, Albert raccompagna sa mère jusqu'à la gare. Victorine le serra sur son cœur avant de monter dans le train qui ne tarda pas à s'ébranler. Sur le quai, Albert agita la main jusqu'à ce qu'il perdît le dernier wagon de vue. Il sortit de la station de chemin de fer et regagna son internat d'un pas lent. Le jeune homme avait besoin d'être seul pour assimiler tout cela.

Albert attendait avec impatience les congés d'été pour recueillir l'avis de Marcel Boulay sur la tragédie qu'avait vécue son père.

La dernière semaine de juillet 1920, Albert obtint son certificat de fin d'études normales. Ses obligations militaires terminées, il pourrait enfin réaliser son rêve : enseigner. Le jour des résultats, au moment de la remise de son diplôme, il pensa à la fierté qu'aurait ressentie son père.

Dès son retour à Neuillé-sur-Racan, il fut félicité par sa mère ainsi que Marcel Boulay qui voyait dans ce résultat la récompense pour tous les efforts consentis.

—

Depuis qu'il profitait des congés d'été, Albert déjeunait comme chaque matin avec sa mère après la traite vers neuf heures. Cette année, elle acceptait l'aide de son fils pour son travail matinal. À deux, la charge était plus légère.

Pendant qu'ils se régalaient d'un hareng saur grillé et arrosé d'huile de noix, Albert fut tout étonné d'entendre Victorine lui vanter les qualités d'Antoinette Bardon. La belle était l'unique enfant des propriétaires de La Besnerie située à l'entrée du village. Les Bardon faisaient partie des notables du pays et étaient amis avec les châtelains qui employaient Victorine. Comme ces derniers, ils louaient leur propriété à des fermiers. Tous les trois résidaient dans une agréable maison en pierres de tuffeau, à l'écart du domaine. La petite demeure était entourée d'arbres géants, sûrement vénérables. La végétation masquait la façade presque en totalité. Si Albert connaissait cette maison, il n'avait jamais prêté attention à ses occupants. Ils n'étaient pas du même monde !

Depuis qu'elle avait quitté La Chancelière, Victorine, intelligente et d'un caractère aimable, avait sympathisé avec cette famille à l'occasion de ses livraisons de fromages. Son fils, futur instituteur, devenu fort bel homme, pouvait prétendre à un noble parti :

— Tu vois, mon Albert, tu as plus de vingt ans et tu dois penser à te marier. Tu as ton diplôme et dans quelques semaines tu partiras à l'armée. Il faut que tu te fiances avant.

— …

Albert resta muet. Jamais ils n'avaient abordé son avenir amoureux.

— Au prochain bal, tu t'arrangeras pour faire guincher l'Antoinette et être gentil avec elle.

— Je n'ai pas l'intention de danser cet été, lança Albert, surpris du tour que prenait cette conversation.

Victorine ne sembla pas avoir entendu sa remarque et poursuivit son idée.

— Tu verras si ça a l'air de lui plaire. Et puis si elle accepte tes invitations, à l'assemblée du 15 août tu lui offriras un rafraîchissement.

— Je n'irai pas au bal, assura Albert, et puis je ne connais pas cette personne.

— Elle est jolie, tu sais. Il n'y a pas de raison qu'elle refuse. Tu es un beau gars, travailleur et instruit.

— Et si Antoinette ne me plaît pas ?

— Mais si, tu verras.

— Il n'en est pas question.

— Ton père aurait dit qu'elle ferait ton affaire.

C'en était trop pour le jeune homme :

— Laisse papa tranquille, lança-t-il en élevant la voix.

Albert se leva, quitta la table et partit chercher son troupeau de chèvres pour les conduire à un enclos. Il était désappointé, c'était la première fois qu'il s'opposait ainsi à sa mère. Pourquoi voulait-elle le fiancer à tout prix ? S'il y avait une fille avec qui il aurait aimé danser, c'était Suzanne, la sœur de Louis, mais elle n'était plus qu'un lointain souvenir.

—

Quand Albert rentra en fin d'après-midi, Victorine l'attendait devant le hangar où les chèvres patientaient dans l'attente de la traite. Le troupeau à l'abri, le jeune homme s'apprêtait à s'éloigner lorsque sa mère l'interpella :

— Albert, ce que je t'ai dit, c'est pour ton bien. C'est tout.

— N'en parlons plus, veux-tu.

— D'accord… et je m'excuse pour… ton père.

Au passage, Albert déposa une bise sur la joue maternelle. Une mésentente entre eux ne pouvait durer.

De tout l'été, pas une fois, malgré les sollicitations d'anciens camarades d'école, il ne se rendrait au bal et Victorine se garderait de revenir sur le sujet.

Pour Albert et Victorine, la vie de ce mois d'août s'écoula dans l'appréhension d'une nouvelle séparation.

—

Dès le début septembre, il fut incorporé pour une année de service militaire. Comme son père sept années auparavant, il dut se rendre à la caserne Chauveau de Tours. Pour Victorine, ce fut un douloureux déchirement. Ce départ la ramenait plusieurs années en arrière et faisait rejaillir les souvenirs que le temps n'avait pu effacer. Elle tint, comme si Albert était encore un adolescent, à l'escorter jusqu'à la gare. Le voyage se fit à pied et dans le plus grand silence. Sans avoir besoin de se le dire, ils se revirent tous les deux lorsqu'ils avaient accompagné Hector vers son funeste destin. Avant de se séparer de son fils, Victorine lui remit l'ultime lettre de son père :

— Prends-en soin, le pria-t-elle, et sois fier de lui.

À l'arrivée du train, Albert serra Victorine dans ses bras une dernière fois. D'un pas ferme, il se dirigea vers la portière du wagon qui était restée ouverte après la descente d'un voyageur.

Un discret signe de la main en direction de sa mère, avant que la rame ne commençât à s'ébranler. L'arrêt à la gare de Neuillé-sur-Racan était de courte durée. Sur le quai, Victorine retint ses larmes. Le train hors de vue, elle fit demi-tour et reprit la direction de son logis.

—

Après ses classes, Albert fut affecté au 2e régiment de Hussards d'Orléans. Cette proximité géographique lui permit de revenir à plusieurs reprises à Neuillé-sur-Racan, pour la plus grande joie de sa mère. Ses diplômes le firent préposé au secrétariat du colonel qui commandait la compagnie. Il échappa ainsi aux manœuvres, corvées et autres réjouissances que l'armée réservait aux conscrits.

Lorsqu'Albert se présenta la première fois à l'officier supérieur, celui-ci, son carnet militaire à la main, l'interrogea :

— Meunier ! Vous êtes de la famille du caporal réhabilité en début d'année ?

Albert redoubla d'efforts pour masquer son irritation.

— C'est mon père.

Néanmoins, le colonel perçut qu'une rancœur tenace animait le jeune homme.

— C'est juste une question. Rompez !

Le reste de son séjour se déroula sans encombre et le gradé ne fit plus aucune allusion à Hector. Il était facile pour Albert d'imaginer que le désaveu adressé au commandement de l'époque à propos de la tragédie de 14 n'était pas du goût de cet officier supérieur. Esprit de corps oblige !

27.

La récompense de tous les efforts entrepris pour disculper les malheureux fusillés pour l'exemple était en effet intervenue le 29 janvier 1921. Victorine avait appris, avec soulagement, que la Cour de cassation venait de casser le jugement de décembre 1914 qui avait condamné son mari à mort. Elle avait réhabilité son Hector et les avait rétablis, elle et Albert, dans leur plein droit. Le maire, qui avait été le premier informé, lui avait précisé que le paiement des arrérages de pension depuis l'exécution d'Hector serait ajouté à un dédommagement de mille francs. Albert serait lui aussi indemnisé.

Par quelques mots dans une lettre qu'elle avait confiée à Marcel Boulay, Victorine s'était dépêchée d'annoncer la nouvelle à Albert.

L'information avait fait du bruit dans le village. Le premier magistrat s'en était chargé !

—

Plusieurs mois auparavant, le conseil municipal de Neuillé-sur-Racan avait décidé de remplacer la sculpture qui avait été érigée après la guerre de 1870-1871. Un imposant monument aux morts devait se dresser sur la place principale, en face de la mairie. Selon la volonté du maire, ce devait être : « Un témoignage de reconnaissance de la nation tout entière à l'égard de tous ceux qui sont morts pour la défendre, et qui, à ce titre, ne doivent jamais sombrer dans l'oubli. »

Sur le socle, une inscription dédiée à tous les héros de la Grande Guerre avait été gravée. Au-dessus, une fillette offrait une gerbe de fleurs à un splendide poilu qui portait, avec fierté, la Médaille militaire accrochée sur sa capote de drap et tenait sa canne d'une main ferme.

L'inauguration fut fixée au dimanche 13 février 1921.

Depuis la décision de la Cour de cassation, sur la demande expresse de Marcel Boulay, le nom d'Hector Meunier figurait dans la longue liste des Morts pour la France.

Le jour venu, les élus municipaux furent mobilisés ainsi que toutes les personnes en vue de Neuillé-sur-Racan. Pour cette journée du souvenir, les gendarmes, les pompiers, les associations ainsi que les instituteurs et institutrices, avec leurs élèves, s'étaient réunis. Tous se firent un devoir d'accompagner le maire qui avait pris la tête de son conseil au grand complet, le tout emmené par la fanfare de la commune. Le préfet avait effectué le déplacement. Les veuves du village, Victorine en premier, lui furent présentées avant que ne débutât la commémoration. Marcel Boulay avait intercédé pour qu'Albert, à la faveur d'une permission exceptionnelle pour la fin de semaine, y assiste.

Presque tous les habitants de Neuillé-sur-Racan, et des alentours avaient répondu à l'appel. Ils se doutaient que l'ombre d'Hector Meunier planerait sur la cérémonie. Ce fut par un froid mordant que Marcel Boulay énuméra avec une lenteur solennelle tous les disparus de la Grande Guerre. Il semblait avoir terminé lorsqu'il ajouta : « Tous ces hommes ont été abattus par l'ennemi. » Tous connaissaient leur élu et aucun ne fut surpris quand, d'une voix puissante, Marcel reprit :

« Pour clore cette douloureuse liste de victimes, il convient de ne pas oublier : Hector Meunier, tué par l'armée française. »

La gêne courut parmi les officiels, le préfet fut personnellement piqué au vif. À cet instant, l'assemblée était plongée dans un silence qui en disait long. Ragaillardi par l'effet qu'il venait de produire, Marcel replia sa feuille avec soin. Le froid picotait les yeux humides des filles et des garçons. L'émotion était palpable même chez les plus jeunes qui pour certains n'avaient pas tout compris, mais le ton du maire, égal, respectueux, les avait tous impressionnés. L'émouvante plainte de la sonnerie aux morts mit fin à la cérémonie officielle.

Lors du vin d'honneur qui suivit, le préfet ne manqua pas de faire observer à Marcel Boulay que sa dernière remarque n'était guère appropriée. À mots couverts, il lui assura qu'il s'agissait d'une remontrance pour la forme. Lui-même avait eu connaissance de la tragédie des fusillés pour l'exemple et il partageait le ressentiment du maire. La cérémonie était sur le point de se conclure lorsque Marcel Boulay aperçut le curé au milieu des quelques invités encore présents. D'un pas décidé, il se dirigea vers lui et, d'une voix forte afin d'être entendu de tous, l'apostropha :

— Alors, l'abbé, cette fois vous allez la dire cette messe !

La raillerie était évidente et le maire, content de sa repartie, laissa le prêtre en plan au beau milieu de la salle des fêtes.

—

Dans les semaines qui suivirent, à l'initiative de l'Union Nationale des Combattants, un banquet fut organisé. Il réunit les anciens camarades de combat d'Hector dans la banlieue parisienne. Victorine et son fils étaient conviés. Cette fois-ci, la demande de permission d'Albert fut rejetée. « Pour un gueuleton, il n'en est pas question », lui avait opposé son colonel. Quant à sa mère, elle refusa d'y aller.

Elle ne pouvait pas se permettre de payer le déplacement. Quand Marcel Boulay eut vent de sa décision, il œuvra en toute discrétion et obtint que l'UNC assure la charge des frais de son voyage. Ainsi, Victorine put se rendre au banquet. Pour elle, ce fut toute une expédition. Pour la première fois, elle voyageait loin de chez elle. Il lui fallut prendre le train pour Tours puis procéder à un changement pour celui qui devait la mener à Paris. Marcel Boulay, invité au titre de maire, l'accompagnait. Sans lui, elle n'aurait jamais réussi à faire ce trajet.

À Paris, Victorine ne savait où porter son regard. Tout l'émerveillait. Pour se rendre au lieu de rendez-vous, Marcel décida de payer un taxi. Une torpédo de couleur grise les y conduisit. Jamais Victorine n'était montée dans une voiture automobile, la vitesse l'effraya.

Dans la salle des fêtes où le banquet devait se dérouler, Victorine fut présentée aux veuves des cinq camarades de son mari. Quelques-unes étaient accompagnées de leurs enfants. S'il n'y avait pas eu le maire pour la pousser, avec une ferme douceur, à s'avancer dans la pièce, Victorine aurait fait demi-tour. D'anciens soldats, leurs médailles en évidence, se tenaient devant la scène qui était pavoisée de drapeaux français et alliés. À la table d'honneur, six fauteuils étaient installés, tapissés d'un emblème tricolore.

Les officiels prirent place sur les planches. Après les discours empreints de nationalisme, le doyen parmi les poilus présents procéda à l'appel. Il égrena le nom des six innocentes victimes et, en écho, les poilus répondaient : « Mort au champ d'honneur. »

Ce fut des mains d'un camarade d'Hector que Victorine reçut un diplôme de réhabilitation. Ce papier, preuve de la respectabilité retrouvée, elle l'exposerait et le conserverait pieusement. On réaffirma aux veuves qu'avec la disculpation, la Cour avait octroyé, pour chacune d'elles et chaque descendant mineur, une pension annuelle et viagère de mille francs. Le paiement de la rente s'arrêtant à la majorité de l'enfant, Albert percevrait une somme calculée depuis ce funeste jour de décembre 1914 jusqu'en février 1920, où il avait fêté ses vingt-et-un ans. Hélas, il n'était pas question d'un versement unique, ce qui l'aurait arrangé, mais d'un règlement chaque 4 décembre.

« Voilà, pour l'armée, ce que vaut la vie d'un homme ! » ne put s'empêcher de tonner Marcel Boulay.

Le retour vers la Touraine eut lieu le soir même. Il n'était pas envisageable de passer ne serait-ce qu'une nuit, dans la capitale. Si elle en avait eu les moyens, Victorine se serait laissé aller à quelques visites. Elle aurait voulu s'assurer que les photographies qu'elle avait contemplées dans le manuel de géographie d'Albert reflétaient la réalité. Elle se souvenait, alors qu'elle lui faisait réciter ses leçons à l'école primaire, être restée admirative à la vue de quelques-unes des pages du livre. En particulier devant l'image de cette étrange tour en fer !

—

En septembre 1921, après avoir accompli son devoir militaire, Albert commença sa carrière d'enseignant comme remplaçant dans la proche banlieue de Tours.

Il avait obtenu cette affectation grâce à ses brillants résultats. Il mesura la chance qu'il avait, car lorsqu'un jeune débutait dans cette carrière, on l'envoyait souvent dans le coin le plus reculé du département où les conditions de vie étaient difficiles et où personne ne voulait rester.

Il s'était retrouvé devant le vieil inspecteur venu lui préciser sa mission. Pour l'année scolaire, il devrait assurer le remplacement de l'instituteur chargé du cours moyen. En contrepartie de la surveillance des pensionnaires le jeudi, un logement de fonction lui était accordé. Logement n'était pas le mot pour ce qui n'était qu'une simple chambre mansardée. *« Pour une année, elle fera l'affaire »*, admit Albert.

Quelques jours avant la rentrée, Albert s'installa dans son nouveau chez-soi. Ce ne fut pas long, car il n'avait pas emporté grand-chose. Habitué à l'internat depuis des années, une valise lui suffisait. Ses vêtements, objets de toilette et livres en place, il descendit voir sa classe dont il récupéra la clé à la conciergerie de l'école. Ce fut l'occasion de faire la connaissance du couple chargé de la garde et de l'entretien de l'établissement. Le gardien se présenta tout de suite comme un ancien de la Grande Guerre. Il s'était lancé dans le récit de l'échec de l'offensive et des mutineries de 1917 au Chemin des Dames lorsque sa femme l'interrompit : « Léon, arrête, tu barbes le jeune homme » puis, se tournant vers Albert : « Excusez-le, il raconte ça à tout le monde. » Son mari n'insista pas et s'éloigna. Albert avait perdu son sourire à l'évocation de ces événements tragiques qui étaient autant de pénibles souvenirs. La concierge, fine mouche, se rendit compte que le nouvel enseignant était contrarié :

— Vous avez peut-être quelqu'un qui y est resté ? demanda-t-elle en toute innocence, loin de s'imaginer combien cette question était douloureuse pour son visiteur.

— Je suis le fils d'un fusillé !

Pourquoi Albert avait-il fait cette réponse ? Par provocation ? La réaction de la gardienne fut immédiate :

— Entrez, jeune homme, asseyez-vous. Puis elle hurla : « Léon, viens voir ! »

Albert se sentait mal à l'aise. Il était passé chercher les clés de sa classe et le voilà qui se retrouvait installé dans la cuisine de la conciergerie. Léon apparut : « Qu'est-ce qui y a ? » demanda-t-il à sa femme. Celle-ci invita alors Albert : « S'il vous plaît, racontez-lui l'histoire de votre père. »

Le nouvel instituteur était tout retourné par la teneur de la discussion. Il se tenait là, devant deux personnes que, quelques instants plus tôt, il ne connaissait pas et était prié de relater la tragédie de 1914. La réhabilitation d'Hector était récente. Comment pouvait-il expliquer tout cela à un homme qui, à l'évidence, était un ancien combattant ? Le couple s'était assis. La confiance qu'Albert lut sur leur visage l'encouragea à raconter ce que sa famille avait vécu. Pas une seule fois ils ne l'interrompirent, si bien que lorsqu'il en eut fini, rien n'avait été omis.

Un long silence se fit. La concierge pleurait doucement. Elle se leva et, prenant Albert dans ses bras, elle l'embrassa avant de quitter la pièce. À son tour Léon se mit debout : « Ils ont fait la même chose à son frère en 14, comme à ton père. »

— Je suis désolé, murmura Albert.

— Tu n'y es pour rien, mon gars, ce sont ces salauds !

La clé de la classe dans sa poche, Albert laissa le couple tout chaviré. Après quelques pas dans la cour, il aperçut la pancarte qui indiquait : " Cours Moyen ". Il pénétra dans le local et commença à préparer la salle pour le jour de la rentrée, mais le cœur n'y était pas. Il quitta la pièce et ne put faire autrement que de repasser par la conciergerie pour remettre la clé. Il n'eut pas le temps de frapper aux carreaux que la porte s'ouvrit.

— Je vous rapporte votre bien, se justifia Albert.

La concierge se saisit de l'objet :

— Vous êtes de Tours ?

— Non, de Neuillé-sur-Racan.

— Où allez-vous prendre vos repas ?

— Je ne m'en suis pas encore soucié.

— Je peux vous proposer une petite pension. Votre nourriture midi et soir, mais il faudra manger avec nous, continua-t-elle avec un sourire. Je le fais pour un autre maître. Je lui demande neuf francs par jour.

Albert savait que comme instituteur débutant il gagnerait huit cent cinquante francs. La proposition lui parut correcte, il l'accepta. Léon lui proposa, s'il le souhaitait, de disposer du jardin et du verger.

—

Le jour de la rentrée, Albert se retrouva face à une vingtaine de garçons. Dès le départ, les enfants se montrèrent dociles. À l'inverse de ce que certains de ses collègues faisaient, le nouvel enseignant n'apprit pas à ses élèves à lire dans la Déclaration des droits de l'homme ni à en réciter les articles à la place des fables de la Fontaine. Il n'assommait pas les écoliers avec l'enseignement moral. S'il était dans son domaine avec l'apprentissage de l'agriculture, il était loin de partager le souhait de beaucoup que cette discipline obtînt une place spéciale au certificat d'études.

Le directeur de l'école avait tenu à ce qu'une journée par semaine fût consacrée à une éducation antialcoolique. Albert jugea que cette formation parasitaire surchargeait les programmes. Cette journée devait commencer par la leçon de morale puis la page d'écriture, les problèmes arithmétiques et… le dessin ! Toutes ces matières devaient être dédiées au sujet. Albert eut maille à partir avec son supérieur. Il défendit l'idée que cet enseignement spécial n'était pas mauvais en lui-même, que le but poursuivi était louable, mais qu'il devenait une calamité lorsqu'il était érigé en système. Face à la détermination et aux arguments de son jeune collègue, le directeur finit par capituler : « Meunier, faites comme vous voulez. » Ce qu'Albert s'empressa d'appliquer.

—

L'hiver fut rigoureux. Il neigea plusieurs jours de suite et les classes n'étaient guère chauffées.

Son année se déroula sans accroc. Chaque quinzaine, il prenait le train pour revenir à Neuillé-sur-Racan. Le plaisir de retrouver sa mère et de rencontrer Marcel restait intact.

À son ancien maître, il aimait raconter ses journées, glanant ici et là un conseil que l'enseignant retraité ne manquait jamais de lui prodiguer.

À la rentrée de janvier 1922, il avait appris qu'il serait affecté au mois de septembre à l'école primaire de Saint-Christophe-l'Escotais. Cette nomination avait été facilitée par Marcel Boulay qui s'était toujours considéré comme le tuteur d'Albert depuis la tragique disparition de son père. Le préfet avait contribué à cette affectation qui réjouissait Albert d'autant qu'elle lui permettait de se rapprocher de sa mère. Enseigner dans l'établissement scolaire du chef-lieu de canton où il avait commencé ses études et obtenu son premier diplôme était un signe qu'il voulait adresser à Hector. Ce père dont il attendait le retour du corps afin qu'il puisse le faire reposer avec les siens.

Ses repas chez les concierges, en compagnie d'un collègue, se passaient dans la bonne humeur. Pas une seule fois, ni Léon ni sa femme n'abordèrent à nouveau le délicat sujet de 1914. Albert s'était pris d'affection pour le couple de gardiens, sentiment qui était réciproque.

28.

Une nouvelle commémoration fut organisée par la municipalité de Neuillé-sur-Racan. À l'issue de multiples démarches, le corps d'Hector venait d'être rapatrié dans son village. Le conseil municipal, Marcel Boulay en tête, désirait qu'une manifestation patriotique marque ce retour.

Le dimanche choisi pour cette célébration, nombreux furent ceux à faire le déplacement jusqu'au petit cimetière qui ne pourrait tous les accueillir.

Pour Marcel Boulay l'âge était là et il avait décidé que ce serait son ultime mandat de maire. Il souhaitait, une dernière fois, rendre à Hector Meunier l'hommage qu'il méritait. Par pure espièglerie, il avait fixé la cérémonie à onze heures. L'heure de la grand-messe !

Le préfet avait décliné l'invitation. L'allocution réprobatrice de l'année passée y était peut-être pour quelque chose. Pour compenser cette absence, un délégué qui représentait la ligue des droits de l'homme avait été invité.

Ce fut un long cortège qui défila dans les rues du village. Derrière le corbillard, la municipalité au grand complet était présente, suivie de la femme et du fils du défunt et d'un grand nombre d'habitants. À la demande de Victorine, un détour fut effectué par La Chancelière où quelques minutes de recueillement furent dédiées à la mémoire d'Hector.

Au cimetière, le caveau Meunier avait été rouvert. Hector reposerait avec ses parents, ainsi que l'avait voulu Victorine.

Le moment des discours vint. Face à la tombe d'Hector, le maire, Victorine et Albert à ses côtés prit la parole en premier. Derechef, il s'attaqua, avec virulence, au général comptable de la mort d'Hector et s'adressa à la population : « Mettez-vous, ne serait-ce qu'un instant, à la place de sa veuve… Elle a vécu dans une atmosphère ignoble, celle de la suspicion illégitime et la honte injustifiée », tonna-t-il. Quelques têtes se baissèrent. Le maire se tourna vers le délégué : « Il faudrait porter plainte pour forfaiture contre les officiers jugés responsables de la condamnation de 1914. » Puis il conclut son discours en précisant que le conseil municipal avait pris la décision d'entretenir la sépulture d'Hector Meunier pendant quatre-vingts ans et qu'une rue porterait son patronyme.

Dans le cimetière, tous furent figés par l'émotion. Le froid de février n'y était pas pour grand-chose. La cérémonie se termina par la remise à Victorine de la croix de guerre et de la Médaille militaire, décernées à titre posthume. Chacun défila devant la tombe où l'on pouvait lire en dessous du nom d'Hector Meunier "Martyr pour l'exemple". Quelques-uns évitèrent de croiser le regard de Victorine et d'Albert.

Une vibrante Marseillaise exécutée par la musique de la commune clôtura la célébration.

Quelques semaines plus tard, le conseil municipal décida de débaptiser la ruelle des Planches qui désormais prendrait l'appellation de rue Hector Meunier. Clément Pommier, l'éternel opposant qui briguait la place de Marcel, fut le seul à s'y opposer. Le changement intervint sans cérémonie. Sous le nom d'HECTOR MEUNIER, l'on pouvait lire :

1873 - 1914
Victime de la guerre

29.

En avril 1925, un édifice à la mémoire des six victimes fut inauguré dans l'Aisne, sur le lieu même de l'exécution des six malheureux sacrifiés. Cette fois-ci, faute de moyens suffisants, ni Albert ni Victorine ne purent s'y rendre. Fatigué, Marcel Boulay fut représenté par son premier adjoint.

Ce jour-là, si la foule était dense, aucune personnalité officielle n'avait fait le déplacement. La célébration fut troublée par quelques affiliés à l'Association Républicaine des Anciens Combattants qui entonnèrent l'Internationale aussitôt couverte par la Marseillaise. Pour clôturer la cérémonie, six plaques au nom des six fusillés furent posées sur les maisons du village de Vingré.

Pour la femme et le fils d'Hector, comme pour beaucoup, la réhabilitation n'offrait qu'une mince consolation. Le temps n'avait pas encore fait son œuvre : personne n'avait oublié et cette disculpation en demi-teinte ne faisait pas entière justice aux innocents condamnés. Qu'en était-il des autres, les véritables responsables de cette tragédie ? Auraient-ils un jour des comptes à rendre ?

Le jeune homme continuait d'enseigner à l'école primaire de Saint-Christophe-l'Escotais. Il avait acquis auprès de ses collègues et des élèves une affectueuse déférence. Tous lui témoignaient une considération et un attachement sincères. Célibataire, il était logé dans un petit appartement mis à sa disposition par la municipalité. Albert participait à la vie communale. Il intervenait dans le domaine sportif et développait la culture avec la création d'une bibliothèque qu'il gérait lui-même.

Au début de son affectation, le jeune homme avait cherché à savoir ce qu'était devenue la famille de Louis, celui qui avait été son seul ami pendant sa première année d'internat, mais qui s'était si mal conduit par la suite. Il apprit que ce dernier, promu officier, avait rejoint depuis peu de temps, les forces françaises au Maroc. Il était parti y mener la contre-offensive dans la guerre du Rif, au côté des Espagnols, contre les troupes d'Abd el-Krim. Sa mère avait déménagé à Tours depuis la fin du terrible conflit mondial. Quant à Suzanne, personne ne savait, ou ne voulait lui dire, quel sort la vie lui avait réservé. Pour Albert, le souvenir et le trouble qui l'accompagnaient n'avaient pas disparu.

—

À Neuillé-sur-Racan, on préparait les élections municipales. Marcel Boulay avait annoncé qu'il ne se représenterait pas malgré les amicales pressions. De nombreux conseillers, fidèles depuis ses premiers jours de mandats, avaient décidé, eux aussi, de cesser leur fonction.

Le 3 mai, sans opposition, et après une campagne qui n'intéressa guère de monde, une nouvelle équipe fut élue dès le premier tour du scrutin. Clément Pommier, le propriétaire de la grande ferme du Plessis, prit la tête du conseil municipal dans l'indifférence générale de la population qui, pour le moment, continuait de témoigner sa confiance envers l'ancien maire.

—

L'année suivante, Albert reçut une invitation officielle pour l'inauguration d'une plaque commémorative en hommage aux enseignants et au directeur de l'École Primaire Supérieure tués durant le dernier conflit. La date était fixée au 4 septembre, jour anniversaire de la disparition de monsieur Morin mort au combat sur le front de l'Est.

Ce fut avec un brin de nostalgie qu'Albert se rendit à cette célébration. Il était partagé entre la joie de revoir d'anciens camarades et l'appréhension de voir ressurgir un passé qu'il tentait d'oublier.

Les invités étaient nombreux ce samedi matin-là, la journée s'annonçait agréable au moment où Albert franchit les grilles de l'établissement. Il se revit treize ans auparavant, revêtu de son uniforme, lorsqu'il était arrivé avec sa mère.

Parvenu dans la cour, Albert s'efforçait de trouver une tête connue lorsqu'on l'interpella :

— Salut, Albert.

Il se retourna et aperçut un jeune homme qui lui souriait. Il chercha à mettre un nom sur ce visage qui ne lui était pas inconnu. Son interlocuteur, conscient qu'Albert peinait à rassembler ses souvenirs, vint à son aide :

— Tu ne te souviens pas de moi ?

Au timbre de la voix, tout s'éclaira :

— Maurice !

— Oui, on me surnommait Momo.

— Je ne t'avais pas reconnu, excuse-moi.

— Ce n'est pas grave, moi non plus je ne t'ai pas reconnu tout de suite. Qu'est-ce que tu deviens ?

— Je suis instituteur à l'école primaire du village.

— Félicitations, mon vieux !

— Et toi ?

— J'habite et je travaille à Tours. Je suis responsable d'un bureau de poste.

— Tu es comme moi, fonctionnaire !

— Eh oui.

Les deux jeunes gens échangèrent leurs souvenirs de l'année scolaire 1913-1914 qu'ils avaient passée ensemble. Ils avaient plaisir à se retrouver. Certes, ils n'avaient pas été dans la même classe, mais ils se rappelaient, dans un éclat de rire, l'épisode du lit mouillé !

— Tu es marié ? s'enquit Maurice.

— Non, et toi ?

— Oui. D'ailleurs, tu connais ma femme. Je me demande même si tu n'en pinçais pas pour elle à l'époque !

Une légère confusion gagna Albert à laquelle Maurice mit fin sur le champ :

— Suzanne ! Tu sais, la sœur de Louis, ton camarade.

— …

— Ne me dis pas que tu ne te souviens pas d'elle ! plaisanta Maurice, rieur.

— Vaguement, mentit Albert, priant pour que son copain ne décèle pas son évidente mauvaise foi.

Il fut tiré d'embarras par le directeur de l'école qui commençait son discours : « Monsieur le Préfet… » Les invités refluèrent en direction de l'estrade qui était installée au beau milieu de la cour. Albert profita de cette diversion pour, en toute discrétion, s'éloigner de Maurice. Il écouta d'une oreille distraite les interminables allocutions qui se succédaient. Ses pensées étaient ailleurs. Il revit le film de la rentrée de 1913, l'accueil glacial de monsieur Morin, la découverte du dortoir, le surnom de « la grosse » dont les anciens l'avaient affublé et la photo de son grand-père que Maurice lui avait dérobée. Et puis les jeudis avec Louis… et Suzanne. Comme c'était loin tout ça…

La cérémonie touchait à sa fin. Les rafraîchissements servis par les enseignants clôturèrent cette manifestation. L'entrée de l'établissement où la plaque commémorative avait été apposée était déserte. Albert s'en approcha et parcourut une dernière fois la liste recensant les sept hommes morts sur le front. Sur le marbre blanc, les noms du directeur et des professeurs, tombés au champ d'honneur pendant la Grande Guerre, étaient gravés en lettres d'or.

Albert savait que la photographie, froissée, écornée, jaunie de son grand-père, était là au fond de la poche intérieure de sa veste, où celle de son père, en uniforme, l'avait rejointe.

Cette photo lui avait servi de marque-page. Il ne pouvait la contempler sans éprouver un inexplicable vague à l'âme.

Albert s'apprêtait à quitter l'établissement lorsqu'il reconnut la voix de Maurice qui l'appelait.

— Albert ! Attends ! Tiens, je t'ai noté notre adresse à Tours, tu viendras nous voir un de ces quatre ?

Albert se saisit du papier que lui tendait Maurice.

— Oui, bien sûr, mentit-il.

— Suzanne sera contente de te revoir !

— Je n'en doute pas, rétorqua-t-il d'un ton qu'il voulait convaincant.

— Salut, vieux, claironna Maurice en lui assénant une claque dans le dos.

— Salut !

À cet instant, Albert sut qu'il ne se rendrait jamais chez Maurice et Suzanne. Il n'en avait pas fini avec les mauvaises nouvelles…

30.

Pour Albert, la rentrée scolaire de 1927 avait un goût amer. Au printemps, il avait demandé et obtenu sa mutation à l'école primaire de Neuillé-sur-Racan. Informé début septembre, il avait ressenti une joie indicible à l'idée de pouvoir enseigner dans les classes qu'il avait, tout comme son père, fréquentées. Malheureusement, jamais Marcel Boulay ne l'apprendrait. Au mois d'août, fatigué par l'âge et les combats qu'il n'avait cessé de mener toute sa vie, l'ancien maire s'était éteint dans son sommeil. Son bon cœur, sur lequel tous avaient pu un jour ou l'autre compter, s'était paisiblement arrêté.

Dans le village, la nouvelle se propagea avec une rapidité incroyable. Tous les habitants se sentirent orphelins. Marcel avait fait la classe aux jeunes comme aux moins jeunes, aux fils ou aux pères.

Il montrait, depuis quelque temps, des signes de fatigue. À près de quatre-vingts ans, c'était normal, toutefois personne ne s'attendait à une issue aussi brutale.

À l'école primaire, Albert fut prévenu par le maire Clément Pommier. À la récréation, il confia la surveillance de ses élèves à un collègue pour se rendre au chevet de celui qui s'était comporté en toutes circonstances comme un véritable tuteur depuis la disparition de son père. Il y retrouva Victorine en pleurs. Très affecté, les mots pour consoler sa mère ne lui venaient pas. Il ne pouvait détacher son regard du corps inerte qui gisait sur le lit. La voix de Marcel résonnait encore dans sa tête.

Les obsèques devaient se dérouler au cimetière. Le curé avait fait savoir qu'il regrettait qu'aucun office religieux ne fût célébré. Mais telle était la volonté du défunt, aussi n'insista-t-il pas. Il confirma sa présence à l'inhumation. Tous les habitants, y compris ses paroissiens, comprenaient et respectaient le souhait de leur ancien maire.

Le cimetière du village serait trop petit pour pouvoir accueillir toute la population qui n'allait pas manquer de vouloir rendre un ultime hommage à l'homme qui avait tant servi sa commune. Le conseil municipal décida qu'une cérémonie officielle aurait lieu dans la salle des fêtes avant d'accompagner le disparu jusqu'à sa dernière demeure.

—

Le jour venu, tout Neuillé-sur-Racan était là. Les autorités étaient venues en nombre, le préfet d'Indre-et-Loire en tête. Il était accompagné de son prédécesseur, ami de Marcel Boulay. Comme il fallait s'y attendre, la salle des fêtes ne put accueillir tout le monde. Les portes restèrent grandes ouvertes et une partie de la population suivit la cérémonie devant le bâtiment.

Victorine et Albert étaient au premier rang et personne n'y trouva à redire. Tous savaient combien était grand l'attachement de Marcel Boulay à la veuve et au fils Meunier. Ils étaient sa seule famille et il avait été pour le jeune Albert un parrain de cœur.

Les marques de respect se succédèrent. L'ex-préfet tint à retracer la vie de celui avec qui il était resté en relation après sa mise à la retraite. Il rappela que Marcel Boulay avait une opinion tranchée, mais que celle-ci était, dans la plupart des cas, fondée. L'ancien représentant de l'État évoqua la franchise dont le défunt avait toujours fait preuve, lui qui ne mâchait pas ses mots pour donner son avis. Toute la population avait encore en mémoire la petite phrase du

13 février 1921 lors de l'inauguration du nouveau monument aux morts.

Après les hommages officiels, le cercueil, porté par les employés municipaux, quitta la salle des fêtes. Il prit le chemin du cimetière en faisant halte en face de la mairie. C'était l'instituteur, le maire, l'ami, le confident que tous enterraient et leur émotion était palpable. La bière fut déposée sur deux tréteaux face à l'ouverture que le cantonnier avait préparée la veille. Le défilé devant le corps débuta. Pour Albert et sa mère, il fut interminable. D'abord les officiels, puis tous les élèves de l'école primaire, enfin les habitants du village et de nombreuses communes alentour. Commencée au milieu de la matinée, la cérémonie prit fin alors que le clocher sonnait une heure de l'après-midi. Le cercueil était descendu. À de rares exceptions près, toutes les personnes qui avaient assisté au début de la célébration étaient toujours présentes pour la fermeture provisoire du caveau. L'âme de Marcel Boulay pouvait reposer en paix.

—

Quelques jours plus tard, à sa grande surprise, Albert reçut une convocation du notaire qui l'informait que, par un testament déposé à l'étude, il était désigné comme l'unique héritier des biens de Marcel Boulay. Il n'y avait pas une fortune ; un modeste logis dans le centre du bourg et quelques économies.

Surpris, Albert ne voulut pas brusquer les événements. Il n'emménagerait dans la maison de Marcel qu'au printemps suivant. En attendant, une rapide visite de l'habitation le rassura ; l'imposante bibliothèque trônait toujours là. Marcel Boulay avait maintes fois répété qu'il faudrait qu'il procède au tri dans tous les ouvrages qui encombraient les étagères. Il ne s'était séparé d'aucun livre. Pour le jeune homme, c'était un véritable trésor que lui léguait celui qui avait été son ami et son mentor.

Le jour de la remise des clés, le notaire transmit au nouveau propriétaire une lettre rédigée à son attention. Avec un peu de fébrilité, Albert décacheta l'enveloppe avant de prendre connaissance de la missive. Marcel Boulay lui disait combien sa réussite au poste d'enseignant l'avait comblé. Pour conclure, l'ancien maire lui rappelait, tel un clin d'œil, que lorsqu'il aurait réussi à le remplacer comme instituteur il devrait prendre sa place à la tête de la mairie ! À la lecture de cette dernière phrase, Albert imagina sans difficulté son tuteur, un sourire malicieux sur les lèvres.

31.

Ce premier dimanche de septembre 1928, Albert reçut sa mère pour le déjeuner. Il habitait dans l'ancienne maison de Marcel Boulay. Ils aimaient se retrouver, chez l'un ou chez l'autre, pour passer un moment. À cinquante-trois ans et malgré les remarques de son fils, Victorine était en permanence vêtue de noir. Elle ne pouvait oublier Hector.

Quelques jours auparavant, Albert avait appris par l'académie qu'en dépit de son jeune âge, il était nommé directeur de l'école des garçons. Il voulait fêter cette excellente nouvelle avec sa mère. L'enseignant qui avait succédé à ce poste après le départ de Marcel venait de faire valoir ses droits à la retraite. Cette responsabilité réjouissait Albert qui avançait sur le chemin tracé par Marcel Boulay.

Au cours du déjeuner, Victorine, ingénument, questionna son fils :

— Tu as appris qu'à l'école des filles, il va y avoir une nouvelle institutrice à la rentrée ?

— Non, je n'en ai pas été informé. Comment es-tu au courant ? s'étonna Albert.

— Parce que je la connais ! fit Victorine dans un sourire.

— Tu la connais ? reprit Albert, médusé.

— C'est Antoinette Bardon… tu sais, la fille des propriétaires de La Besnerie.

Albert perçut une légère malice dans les yeux de sa mère, qui lui remit en mémoire le souvenir de leur conversation. C'était l'une des rares fois où il s'était opposé à Victorine.

— Demain matin, je serai en classe pour préparer la rentrée. J'irai la saluer, dit-il, pensant ainsi clore leur discussion.

C'était mal connaître Victorine qui s'empressa d'enfoncer le clou :

— Elle a changé. C'est devenu une jolie femme !

— Maman, ne recommence pas. Et puis, elle est certainement mariée, lâcha Albert gagné par l'exaspération.

— Je ne crois pas. Sa mère me l'aurait dit.

Albert n'avait pas du tout envie de s'engager sur le terrain où elle semblait vouloir l'entraîner. Il décida qu'aborder ses nouvelles fonctions au sein de l'école était le plus sûr moyen d'en finir avec le sujet. Victorine sentit la gêne agacée de son fils et n'en reparla plus de la journée.

—

Le lendemain, dans la matinée, Albert se trouvait dans sa classe, occupé à remplir les nombreux documents administratifs que sa toute nouvelle charge lui imposait. Son travail avancé, il décida de s'accorder une pause. Il repensa à la conversation de la veille. « *Je me dois de la saluer,* se dit-il, *je parie qu'elle doit être dans une salle pour préparer sa rentrée.* »

Albert quitta son bureau et se dirigea vers l'édifice voisin. Un immense bâtiment rectangulaire, situé à côté de la mairie, abritait les deux établissements publics primaires qui accueillaient tous les écoliers et écolières. Les fenêtres étaient si hautes qu'un élève ne pouvait être distrait s'il regardait à l'extérieur. La bâtisse était séparée en deux : un tiers du côté des filles, le reste pour les garçons. Les cours de récréation étaient coupées d'un mur qui barrait les regards !

Comme il s'y attendait, Antoinette Bardon était dans sa classe. Après avoir frappé à la porte, Albert s'avança dans la pièce :

— Chère collègue, permettez-moi de vous saluer, lança-t-il à l'intention de la jeune femme plongée, elle aussi, dans la paperasse. Je suis le nouveau directeur de l'école des garçons, poursuivit-il.

— Je sais, répondit Antoinette, le nez encore dans les papiers.

— Ah ! Je m'appelle Albert...

— Vous êtes le fils Meunier, l'interrompit-elle, en levant enfin les yeux.

Albert, perplexe, resta sans repartie. Voyant son trouble, Antoinette expliqua :

— Mes parents m'ont souvent parlé de vous. Je crois même qu'ils avaient envisagé de nous marier, assura-t-elle avec un large sourire.

Albert n'avait pas imaginé une seconde que sa visite de courtoisie prendrait un tel tour. Désemparé par l'aisance de la nouvelle institutrice, il se surprit à l'observer à la dérobée. Jeune femme de vingt-huit ans, Antoinette ne laissait jamais les hommes indifférents. Elle avait une silhouette de mannequin quoiqu'elle ne fût pas très grande. Albert nota, amusé, que sa peau brune n'était pas sans rappeler les noisettes à l'automne. Sa taille mince et son visage animé d'un nez bien droit descendant vers des lèvres fines et à peine rosées lui donnaient un air fragile. Voilà qui était mal la connaître, la demoiselle avait du caractère !

Albert devait admettre que c'était une ravissante personne. Il se ressaisit et reprit l'initiative de la conversation :

— Vous, c'est Antoinette si je me souviens.

— Exact, Antoinette Bardon.

— Vous avez gardé votre nom de jeune fille ? sonda-t-il.

Constatant aussitôt combien sa question était indiscrète, Albert s'excusa :

— Pardonnez ma curiosité.

— Il n'y a pas de mal. Célibataire, et il n'y a pas de raisons que ça change, s'amusa Antoinette.

À l'évidence, la jeune femme maniait l'humour, ce qui n'était pas pour déplaire à Albert. Les deux enseignants échangèrent sur leurs nouvelles fonctions. L'heure passa, et il fallut qu'ils se quittent avec la promesse de se revoir au plus vite…

32.

Au mois de mai de l'année suivante, la population de Neuillé-sur-Racan, comme partout en France, devait procéder au renouvellement du conseil municipal. À l'approche de cette échéance, l'ambiance s'était tendue dans le village. Quatre ans après sa désignation pour prendre la suite de Marcel Boulay, Clément Pommier n'avait jamais été tout à fait accepté. Tous regrettaient son prédécesseur. L'actuel maire comptait se représenter afin de conserver son siège auquel il tenait par-dessus tout. Lors de sa première élection, il n'y avait pas eu d'opposition. Il espérait qu'il en serait de même cette fois-ci. Lorsque la rumeur d'une autre candidature devint de plus en plus insistante, il le supporta mal. Qu'un gamin, inexpérimenté de surcroît, prît la tête d'une liste, lui était intolérable. En plus « Le fils Meunier ! »

Albert n'avait jamais oublié la prédiction que lui avait faite Marcel Boulay en 1915 : « Un jour, tu me remplaceras à la mairie ! » Sollicité de toutes parts, en particulier par le châtelain, Albert n'avait pas mis beaucoup de temps pour accepter de se porter candidat au suffrage des résidents de Neuillé-sur-Racan. Nombreux étaient ceux qui voyaient en lui le digne successeur de Marcel Boulay. Comme à Saint-Christophe-l'Escotais où il avait enseigné, Albert s'était, dès le début, impliqué dans la vie locale. Enfant du pays, il reçut le soutien de sa collègue, Antoinette Bardon. Celle-ci aurait voulu agir à la manière de la Bretonne Joséphine Pencalet qui s'était présentée à Douarnenez. Élue au premier tour, elle avait vu le scrutin invalidé par la préfecture. Elle avait fait appel, mais sans résultat. Ce n'était pas de sitôt que la loi allait changer. La question du vote féminin était patente. Les femmes avaient pris une part importante dans la société pendant la dernière guerre, remplaçant les hommes dans les usines et dans les champs. Certaines, dont Antoinette, réclamaient une égalité toute légitime. La jeune institutrice se moquait des menaces du préfet et rembarra les moqueurs, cependant elle dut renoncer. En l'état actuel de la loi en France, les femmes n'étaient ni éligibles ni mêmes électrices aux scrutins dans les communes.

Qu'Antoinette essayât de participer à la campagne municipale amusait Albert. Cette attitude n'était pas pour lui déplaire. Elle lui donnait l'occasion de se retrouver avec sa collègue qui profitait de la préparation des élections pour venir le rejoindre dans sa classe, pour un oui ou pour un non. Elle ne manquait pas d'idées qu'elle souhaitait partager.

Dès le début avril, les échanges devinrent rudes. Les coups bas plurent. Clément Pommier sentit que le poste pouvait lui échapper au profit du jeune blanc-bec comme il ne se gênait pas de le proclamer à l'envi. Des tracts hostiles à Albert commencèrent à circuler. Albert eut beau protester, car ceux-ci étaient imprimés par les services de la mairie, rien n'y fit. Les élus qui se représentaient firent bloc autour du maire sortant. Deux camps s'affrontaient, le châtelain avait pris fait et cause pour Albert et ses colistiers, quant au curé, il ne cachait pas sa préférence pour Clément Pommier qui avait su se montrer généreux envers la paroisse.

Depuis quelques jours, le ton avait monté. Un rassemblement de l'équipe d'opposition faillit être annulé au dernier moment. On ne trouvait plus les clés de la salle des fêtes. Ce soir-là, ni le maire, ni ses adjoints, ni le garde champêtre complice malgré lui, ne furent joignables. La réunion se déroula dans le café de la place, dont le patron, fervent supporter d'Albert, avait mis à disposition son local destiné aux bals.

Victorine qui suivait les événements sans jamais intervenir s'inquiéta des proportions que toute cette histoire prenait. Elle tint à le confier à Albert : « Tout ça va mal finir ! » prédit-elle. Son fils, fort de son bon droit et du soutien d'une grande partie de la population, la rassura. Pourtant, Albert n'était pas au bout de ses surprises. Un petit matin, lorsqu'il ouvrit les volets de la fenêtre de sa chambre qui donnait sur la place, face au monument aux morts, il constata avec une stupeur indignée qu'une banderole noire, fabriquée dans de la bâche, avait été accrochée à la faveur de la nuit. À la peinture blanche, on y avait écrit " PAS DE FILS DE FUSILLÉ À LA MAIRIE ".

C'en était trop, cet écart était intolérable. Avant de rejoindre sa classe, Albert se rendit à la gendarmerie pour signaler le fait et porter plainte. Le brigadier de service s'en alla prévenir le premier magistrat afin que celui-ci ordonnât de retirer la bannière insultante dans les meilleurs délais. Comme par hasard, le garde champêtre n'était pas disponible et le décrochage n'eut lieu qu'en fin de matinée.

Dans le village, l'affaire fit grand bruit. Tout le monde s'accordait pour soupçonner le maire sortant ou l'un des membres de son équipe d'être à l'origine de l'affront. Beaucoup admirent que les bornes avaient été dépassées et les quelques rares hésitants finirent par prendre fait et cause pour Albert. Personne ne voulait voir ressurgir les événements du passé et les propos de Marcel Boulay, au moment de l'inauguration du monument aux morts, résonnaient encore dans les têtes.

Ce fut ainsi que, sans surprise, quelques jours plus tard, la liste emmenée par Albert recueillit, dès le premier tour, la majorité des voix. Le maître d'école devint l'un des plus jeunes élus de France.

Le vœu de Marcel Boulay était exaucé. Tout comme lui, Albert enseignait et était le maire de Neuillé-sur-Racan. Lors de la réunion du conseil municipal qui suivit la proclamation officielle des résultats, il fut désigné au poste suprême sans opposition. Antoinette fut l'une des premières à venir le féliciter.

33.

À la mi-janvier 1931, Albert reçut une lettre de l'Union Nationale des Combattants. Elle l'avisait que le général de Valleroy qui avait décidé, avant tout jugement, de l'exécution de son père, venait de mourir à l'âge de soixante-dix-sept ans.

Cette nouvelle raviva chez Albert de tristes souvenirs. L'officier avait été mis à la retraite de l'armée à la fin de 1916. Albert se demandait comment celui-ci n'avait jamais réussi à prononcer ne serait-ce que quelques mots de compassion à l'égard des six victimes, et des autres, car il y en avait eu d'autres ! Cet homme avait une femme, des enfants et des petits-enfants. *« Qu'avait-il pu leur dire ? »* s'interrogea Albert.

Lui et ses officiers supérieurs. Ceux qui leur avaient obéi. Le chef de bataillon qui avait mené l'enquête sans entendre les témoins. Le colonel, président de la cour martiale, qui avait accepté de condamner sur instruction et poussé son abjecte obéissance jusqu'à priver les accusés de moyens de défense. Le lieutenant, membre de la magistrature debout dans le civil, qui n'avait pas relevé les nombreuses irrégularités du procès et avait, sur ordre, requis la peine de mort. Le sous-lieutenant Lampard qui avait omis de rapporter dans son témoignage qu'il avait lui-même donné l'injonction de repli… Aux yeux d'Albert, ils étaient tous responsables de l'exécution de son père. Ces hommes n'avaient rien à craindre d'une justice hypocrite et oublieuse.

L'affaire des fusillés était terminée, légalement close ; moralement, elle ne le serait jamais.

Pendant ses cours d'histoire, Albert, à l'instar de Marcel Boulay, ne manqua jamais d'aborder le sujet des "Fusillés pour l'exemple" qu'il rebaptisa les " Martyrs pour l'exemple ".

—

Un jeudi matin, comme chaque semaine, Albert était dans son bureau de la mairie, occupé par toute la paperasse bureaucratique. Cette tâche, obligatoire, restait celle que le jeune homme détestait. Il préférait être sur le terrain au milieu de ses administrés.

Le premier magistrat détacha son regard du courrier administratif qu'il étudiait, lorsqu'il entendit frapper :

— Entrez.

La porte s'entrouvrit et laissa apparaître la tête de la secrétaire :

— Monsieur le maire, on vous demande.

Albert jeta un coup d'œil sur son agenda grand ouvert sur son bureau :

— Je n'ai pas de rendez-vous ce matin.

— Je sais, mais la dame insiste.

— Une dame ?

— Oui.

— De Neuillé ?

— Je ne crois pas. En tout cas, je ne la connais pas.

Intrigué, Albert qui ne refusait jamais de recevoir un de ses administrés se leva :

— Faites-la venir, ordonna-t-il en se dirigeant vers l'entrée afin d'accueillir la visiteuse.

La secrétaire ouvrit la porte en grand et s'effaça pour laisser passer une personne toute de noir vêtue. Albert l'observa, elle devait avoir une soixantaine d'années. Il nota le visage triste et amaigri qui était en parfaite harmonie avec la tenue de deuil.

— Entrez, je vous prie. Prenez un siège, proposa-t-il en indiquant un fauteuil.

La femme s'assit tandis qu'Albert prenait place à son bureau, face à elle.

— Que puis-je pour vous, madame ?

— Tu ne me… Pardon, vous ne me rappelez pas de moi ?

La question troubla Albert. Ce visage ne lui disait rien. Il s'apprêtait à répondre lorsque, devinant ses interrogations, elle le mit sur la voie :

— Marie-Jeanne, la maman de Louis et de Suzanne.

Albert resta interdit, gagné par un visible embarras. Il s'en voulut de ne pas avoir reconnu la mère de celui qui avait été son ami :

— Pardonnez-moi, il y a si longtemps !

— Vous avez raison.

— Je vous en prie, tutoyez-moi, comme avant.

À cette proposition, Marie-Jeanne se détendit et reprit :

— J'ai eu de tes nouvelles par Suzanne. Tu sais qu'elle est mariée avec Maurice ?

— Oui, jeta Albert, pris de court par cette évocation.

L'invitation de Maurice à laquelle il n'avait jamais répondu lui revint en mémoire. Il s'interrogea sur les véritables motifs de cette visite. *« Elle n'est pas venue me voir par hasard ? »* conjectura-t-il. Face à son silence, Marie-Jeanne poursuivit :

— Comment va ta maman ?

— Bien, merci.

— Je me souviens d'elle, lorsque vous nous aviez si gentiment reçus à… comment déjà ?

— La Chancelière.

— C'est cela, oui.

La gêne d'Albert l'empêchait de répondre autrement que par des phrases laconiques. Une question cependant lui brûlait les lèvres depuis que Marie-Jeanne était devant lui :

— Et Louis, qu'est-ce qu'il devient ?

Le visage de Marie-Jeanne se décomposa, ses sourcils se froncèrent alors qu'elle luttait pour retenir ses larmes. D'une voix agitée par les sanglots, elle hoqueta :

— Il n'est plus des nôtres.

Albert refusait d'entendre pareille nouvelle et, comme il ne savait que répondre, ce fut Marie-Jeanne qui, au bout de quelques instants, rompit le silence :

— Il y a bientôt un an, il était avec son régiment en Indochine. À la suite des émeutes agraires, après la fondation du Parti communiste indochinois par Hô Chi Minh, l'armée a exercé de violentes répressions. Au cours de l'une d'elles, Louis a été mortellement touché.

À cet instant, Albert se sentit mal, incapable de parler après ce récit des événements, aussi concis que brutal. Il fixait Marie-Jeanne, son silence suffisait à dire combien il regrettait de s'être laissé guider par sa curiosité.

Tous les deux restèrent cois. À l'un comme à l'autre, les mots manquaient. Au bout d'un moment, Albert se força à prendre la parole :

— Je suis désolé, dit-il pour mettre fin à l'horrible pause.

— Tu ne pouvais pas savoir. Tu vois, l'armée t'a enlevé un père, moi un mari et un fils.

Albert se mordit les lèvres pour ne pas rétorquer à Marie-Jeanne que les circonstances étaient différentes. Mieux valait oublier tout ce passé. Il pensa que le temps de tourner la page était arrivé et préféra se taire.

Les souvenirs s'embrouillaient dans la tête d'Albert. Ce drame n'expliquait pas les raisons du comportement de Louis et de sa mère au moment de son retour à l'internat.

Un nouveau silence s'installa, interrompu par Marie-Jeanne qui comprit qu'Albert attendait autre chose :

— Ce qui s'est passé entre nous est ma faute, car lorsque j'ai appris que tu allais revenir à l'École Primaire Supérieure, j'ai interdit à Louis et à Suzanne de te parler.

Albert fut surpris :

— Louis aurait pu désobéir, il me semble ! aiguillonna-t-il.

— Je les avais menacés de les envoyer en pension tous les deux s'ils transgressaient mon interdiction.

— Vous avez jugé et condamné mon père sans être au fait des événements, asséna Albert.

Marie-Jeanne baissa la tête. D'une voix mal assurée, elle risqua un début d'explication :

— Tu sais, j'étais issue d'une famille de militaires. Mon père a été l'un des premiers officiers français tués lors de la bataille de Sarrebruck en 70. En seconde, j'ai intégré la Maison d'éducation de la Légion d'honneur à Saint-Denis. Créée pour les filles de soldats tombés au champ d'honneur, j'y ai reçu une instruction stricte basée sur des valeurs de travail, de respect et de courage. À ma sortie, après le bac, j'ai fréquenté le milieu des officiers où j'ai rencontré le père de Louis. J'ai eu comme exemple deux militaires qui avaient sacrifié leur vie pour la patrie. Lorsque j'ai appris la sanction qui avait été infligée à des poilus qui avaient fait preuve de faiblesse, j'ai trouvé cela normal. Je ne pouvais admettre que l'on se sauve face à l'ennemi, alors que tous les jours des hommes tombaient au combat.

Albert ne savait que penser. Les propos de Marie-Jeanne l'ébranlaient. Était-elle venue pour lui faire des reproches ? Il sonda, sans succès, le regard de sa visiteuse à la recherche d'une réponse. Le doute se dissipa lorsqu'elle poursuivit :

— Louis t'aimait beaucoup. Par la suite, il m'a reproché mon attitude. De même que Suzanne… Ce n'est pas leur faute, je suis l'entière responsable et je le paye cher aujourd'hui !

Albert était décontenancé. Les souvenirs de la première année d'internat avec Louis affleurèrent. Il n'avait pas oublié les jeudis après-midi chez Marie-Jeanne et les habituelles parties de petits chevaux. Il se souvint même avoir triché pour avantager Suzanne !

Marie-Jeanne s'essuya les yeux. Elle se leva, mettant fin à l'entretien :

— Voilà ce que je voulais te dire. Je suis contente de t'avoir revu.

À son tour, Albert s'était mis debout. À cet instant, Marie-Jeanne parut moins troublée que lui. À moins qu'elle ne cachât habilement son désarroi. Albert lui saisit le bras pour la raccompagner jusqu'à l'entrée :

— Vous habitez à Tours ?

— Oui.

— Et Suzanne et Maurice ?

— Aussi.

— Ils ont des enfants ?

— Non.

Albert fut pris au dépourvu par la froideur soudaine de la réponse.

Marie-Jeanne franchit la porte qu'il venait d'ouvrir, lorsqu'elle se retourna :

— Tu salueras ta maman.

— Je n'y manquerai pas.

— Tu sais, je me souviens que Suzanne avait de l'affection pour toi…

Albert n'eut pas le temps de réagir, Marie-Jeanne avait déjà quitté le bureau de la secrétaire.

Un instant, l'envie de la rattraper l'effleura, mais il ne bougea pas. Les minutes qui suivirent furent particulièrement pénibles pour le jeune homme. Il n'avait jamais réussi à rompre avec le passé, ainsi que le montrait la disparition tragique de Louis qui l'affectait plus qu'il ne l'aurait cru.

Avant de reprendre sa place derrière le bureau, il chercha à tâtons son portefeuille dans la poche intérieure de sa veste.

Cela faisait longtemps qu'il n'avait pas ressorti les photos, froissées et sérieusement estompées, de son grand-père et de son père. Il éprouvait le besoin de les revoir. Lorsqu'il les prit entre ses doigts, il eut un pincement au cœur. Leur absence lui était douloureuse. Tous lui manquaient : Joseph, Hector, Marcel et à présent Louis.

34.

Albert passait ses veillées aux écritures qu'exigeait l'administration, de plus en plus compliquée, de la chose publique et des intérêts particuliers. S'il n'y prenait garde, il était dérangé, aux heures des repas, par les nombreux administrés perdus dans des démarches qu'ils ne comprenaient pas. Ses jeudis et ses dimanches étaient envahis par les œuvres postscolaires, ainsi il ne lui restait que peu de temps pour ses loisirs.

La semaine précédente, il avait dû se rendre à Tours pour assister à une réunion de tous les maires du département. Le colloque s'était terminé vers seize heures. Avant de prendre son train de retour prévu en début de soirée, Albert avait tenu à rendre visite à Léon et sa femme. Ils occupaient toujours la conciergerie de l'école où il avait exercé à ses débuts.

Le couple fut ravi de ces retrouvailles inopinées. Ils bombardèrent Albert de questions et lorsque pour expliquer sa venue il les informa être le maire de Neuillé-sur-Racan, Léon se tourna vers sa femme : « Tu vois, je l'avais dit qu'il deviendrait quelqu'un ! » La remarque amusa leur visiteur.

La gare de Tours était éloignée, aussi Albert ne put-il rester le temps qu'il l'aurait souhaité, mais cette brève entrevue lui avait fait du bien.

—

En ce dimanche de Pâques, il devait déjeuner chez sa mère. Elle tenait à la tradition de l'agneau pascal et pas une année, même les plus sombres, ce partage n'avait été oublié. Albert se souvint du jour où ses parents avaient accueilli Marie-Jeanne, Louis et Suzanne. Cela avait été une belle journée… sans suite.

Il était midi lorsqu'il se décida à partir. Il n'était pas pressé. Il savait que Victorine avait assisté à la grand-messe et qu'ensuite elle passerait par le cimetière. Il délaissa le chemin qui menait à la demeure des châtelains pour s'engager sur la route qui le conduirait vers les dépendances du domaine où Victorine résidait. Perdu dans ses pensées, il sursauta lorsqu'il entendit un klaxon le rappeler à l'ordre, car il marchait au beau milieu de la chaussée. Arrivée à son niveau, l'automobile s'arrêta :

— Bonjour, Albert.

Albert aperçut Antoinette à l'arrière du véhicule qui, avec sa famille, s'était rendue à la messe à la cathédrale de Tours et rentrait à La Besnerie.

— Bonjour, Antoinette. Bonjour, madame, monsieur Bardon, ajouta-t-il en se tournant vers les passagers de l'avant.

— Tu vas chez ta mère ? questionna la jeune femme.

— Oui.

Monsieur Bardon lui fit remarquer qu'il ne proposait pas de l'emmener puisqu'il était presque arrivé. Albert ne put que confirmer. Désemparé, il ne savait s'il devait s'adresser au père ou à la fille, finalement il se borna à observer :

— Vous avez une belle voiture.

Le compliment sembla plaire à monsieur Bardon.

— N'est-ce pas ! C'est une Chenard & Walcker. Chenard était un ami de mon père, il habitait dans le Loiret.

Albert prit conscience que la conversation versait dans les banalités dont il allait avoir du mal à se dépêtrer. Il décida de couper court :

— Je vous souhaite un bon dimanche.

Puis, s'adressant à Antoinette, il ajouta :

— À vous aussi, chère collègue.

Dans un grand sourire, la réponse de la jeune femme fusa aussitôt :

— Tu ne me tutoies plus ?

La voiture démarra et laissa Albert en plan au beau milieu de la route. Décidément, Antoinette était pleine d'esprit. Sa repartie l'avait déstabilisé et, pour le reste de la journée, il en fut quelque peu déconcerté tout en se gardant d'accorder plus d'intérêt que nécessaire à cette brève entrevue.

35.

En avril 1935, Albert n'eut pas le temps de s'attarder sur une information lue dans le journal : la première émission officielle de télévision. Il était passionné par toutes les nouvelles technologies, mais ses soirées et jours de congés étaient occupés par les prochaines élections municipales.

Clément Pommier et son équipe voulaient leur revanche. La municipalité sortante, au grand complet, se représentait au côté du maire. Le travail de ces six dernières années était reconnu par les habitants de Neuillé-sur-Racan et pour Albert et ses colistiers, les soutiens furent nombreux.

Comme six ans plus tôt, Antoinette participa avec zèle à la campagne !

—

De leur rencontre qu'ils devaient à leur nomination respective dans l'école du village à l'encouragement enthousiaste de la jeune femme pour la première élection municipale, Antoinette et Albert ne s'étaient plus quittés, se trouvant beaucoup de points communs, en particulier le goût pour les auteurs du XIXe siècle. Dans le bourg, tous avaient remarqué leurs allées et venues à chaque récréation et s'en amusaient, s'accordant à dire qu'ils étaient faits l'un pour l'autre. Mais Albert ne voyait dans leur relation qu'une belle et franche amitié. Pourtant, le temps fit son œuvre et il se découvrit pour sa collègue des sentiments qu'il ne soupçonnait pas. Antoinette les partageait si bien qu'ils s'étaient trouvés enlacés, dans une étreinte qui les avait mis, un instant, à l'abri du monde. Depuis, ils se demandaient qui avait fait le premier pas !

Ce dimanche-là, Albert avait prévu de parcourir la campagne pour réaliser quelques photos avec son nouvel objectif. Au réveil, la scène de la veille au soir occupait encore son esprit.

Après le dîner, il s'était retrouvé avec Antoinette dans le local qu'ils souhaitaient transformer en bibliothèque. Une partie des nombreux livres hérités de Marcel Boulay allait constituer la première collection proposée au public. Albert envisageait d'enrichir le fonds documentaire, au fil des ans, selon les moyens que le conseil municipal lui accorderait. Beaucoup parmi les élus, adjoints ou conseillers, ne trouvaient guère d'intérêt à cette dépense. Albert se ferait un devoir de les convaincre.

Antoinette et Albert avaient passé la soirée à ranger les ouvrages sur les étagères. Leur tâche touchait à sa fin quand Albert descendit de l'escabeau sur lequel il était grimpé pour aligner les livres sur le rayon le plus haut. Il était presque arrivé en bas lorsqu'il manqua la dernière marche et perdit l'équilibre. Il tenta de se rétablir tant bien que mal et fit un léger écart qui le précipita sur Antoinette. Elle le reçut tout contre elle. Ni l'un ni l'autre ne semblait pressé de bouger. Albert reprit ses esprits le premier et s'excusa de sa maladresse. L'escabeau fut remis en place et ils se séparèrent après leur traditionnelle, et innocente, bise sur les joues. Tous deux étaient troublés, confusément émus par ce qui venait de se passer.

Le lendemain matin, Albert n'avait pas la tête à pratiquer la photographie, mais la veille, il avait proposé à Antoinette de l'accompagner, alors il ne pouvait s'y soustraire. Le rendez-vous avait été fixé à quatorze heures devant l'école.

Les heures de la matinée ne s'écoulèrent pas aussi vite qu'il l'avait espéré. Son déjeuner terminé, décidé à ne pas faire attendre la jeune femme, il quitta sa maison avec dix bonnes minutes d'avance.

— Albert ! entendit-il, à peine sorti.

« Ce n'est pas possible, elle est déjà là ! » constata Albert, stupéfait.

En effet, Antoinette patientait sur le trottoir d'en face. Elle était métamorphosée avec une jupe qui laissait deviner des jambes fuselées. Avant de traverser la rue pour la rejoindre, Albert détailla sa collègue. *« Une taille qui tiendrait dans mes deux mains,* songea-t-il, *une chute de reins à vous donner le vertige des nuits entières, une nuque délicate… »*

Que lui arrivait-il ? Lui, à l'ordinaire si réservé, ce n'était pas dans ses habitudes de dévisager une jeune femme de la sorte.

— Où m'emmènes-tu ? demanda Antoinette.

Sans attendre sa réponse, elle prit, le plus naturellement du monde, le bras de Albert.

— Je pensais me rendre sur les bords de l'Escotais. On y va à pied ? Ce n'est pas loin et la marche nous fera du bien.

— Formidable, j'adore ! comment as-tu deviné que j'apprécie cet endroit ?

Albert se garda de répondre. Il était fier de traverser le village, Antoinette à son bras. À leur passage, les rideaux des maisons s'agitaient.

Tout le trajet, sans s'en rendre compte, Albert raconta sa vie, ses parents, sa scolarité puis ses études supérieures, son amour de la nature, des animaux. Il en oublia le but de leur sortie : la photographie. Antoinette l'écoutait en silence.

« Ce garçon possède un charme évident ! » songea-t-elle. Posé et réfléchi, il dégageait une maturité rassurante. Son calme était communicatif. Sa présence reposait, Antoinette n'avait jamais connu pareil moment de sérénité.

Ni l'un ni l'autre ne virent le temps passer. Cela faisait deux heures qu'ils étaient assis ensemble, à regarder couler l'Escotais. L'appareil photo n'avait pas été sorti de son étui. Il fallut penser à quitter la rivière. Sur la rive, ils se retrouvèrent face à face, tous les deux silencieux :

— Si nous rentrions, suggéra Antoinette.

— Comme tu veux, acquiesça Albert.

Sans un mot, côte à côte, ils flânèrent. Qui avait fait le premier pas ? Chacun était persuadé que c'était l'autre. Pourtant, au bout de quelques mètres, leurs mains s'étaient jointes. Tout en marchant, Antoinette posa délicatement sa tête sur l'épaule d'Albert. Ils continuèrent d'avancer de la sorte, le jeune homme n'osant pas bouger de peur de rompre cet instant merveilleux.

À l'entrée du village, un ami d'Albert, conseiller municipal, les doubla en vélo : « Eh, les amoureux, ça biche ! »

Surpris, le couple s'arrêta net et éclata de rire. Sans se lâcher la main, ils se retrouvèrent face à face. Seuls leurs yeux parlèrent. Albert s'apprêtait à ajouter quelque chose quand Antoinette lui mit un doigt sur la bouche : « Chut ! glissa-t-elle dans un souffle, embrasse-moi. »

Albert la prit par la taille, l'attira contre lui et déposa un premier baiser avec une délicatesse qui chavira Antoinette. Les pouls s'accélérèrent, les joues se colorèrent. Plus rien d'autre n'existait pour eux. Albert n'osait s'écarter de peur de briser l'intimité de l'instant. Malgré son âge, son cœur était jeune et encore inexpérimenté, il battait à tout rompre. Contre sa poitrine, celui d'Antoinette était à l'unisson.

Ce dimanche après-midi au bord de l'Escotais, leur histoire venait de commencer…

En 1936, Albert et Antoinette profiteraient de l'été pour se marier.

36.

Pour beaucoup d'ouvriers, cet été 36 était mythique, inoubliable. C'était la première fois qu'ils pouvaient s'arrêter de travailler tout en continuant d'être payés. La gare de Neuillé-sur-Racan connut une effervescence inhabituelle. Grâce au billet à tarif réduit de Léo Lagrange, des familles entières venaient rendre visite à un parent. Les hommes qui descendaient du train portaient un bleu tout neuf acheté pour l'occasion. Les habitants du village, pour la plupart employés à la grande ferme du Plessis, les regardaient avec envie quoiqu'ils ne se sentissent pas concernés. « Un paysan a toujours quelque chose à faire chez lui », entendait-on. Les enfants voyaient les choses autrement. Ces gamins venus de Paris ou de sa banlieue allaient devenir leur cible préférée pour les moqueries. Les premiers « Parisien tête de chien, Parigot tête de veau ! » fusèrent.

Pour sa part, Clément Pommier ne partageait pas du tout le bonheur des vacanciers. Ce débarquement d'ouvriers dans le village était difficile à vivre. Une employée de maison l'avait même entendu dire à ses enfants : « Ne t'approche pas des congés-payés. » Pourtant, il devrait s'y faire.

Dans l'entourage du maire, derrière l'enthousiasme des aoûtiens, on devinait une sourde inquiétude. Les élus avaient conscience que ce bonheur était fragile. Ils étaient partagés entre l'espoir né de ces avancées sociales et la crainte de basculer dans la guerre. On craignait que le pire fût à venir même si certains fredonnaient : « Dans la vie, faut pas s'en faire, moi je ne m'en fais pas, les petites misères seront passagères… »

D'un commun accord, la noce avait été fixée au mois d'août. Pas besoin de longues préparations. En effet, Antoinette et Albert souhaitaient une cérémonie dans la plus stricte intimité. « À l'approche de la quarantaine, on ne va tout de même pas faire un mariage de jeunes ! » avaient-ils plaisanté avec leurs proches.

Le jour venu, après un passage par l'église auquel Albert n'avait pu échapper, les nouveaux mariés s'étaient retrouvés à La Besnerie, propriété des Bardon, pour le repas. Pour la première fois en tant d'années, Victorine avait délaissé ses habits noirs pour une jolie robe à fleurs. Cette métamorphose inattendue fit plaisir à Albert.

Avec les parents d'Antoinette, les seuls invités étaient Victorine et les témoins respectifs. Ce mariage placé sous le signe de la simplicité et de l'émotion fut une belle journée. Antoinette rayonnait de bonheur alors qu'Albert avait eu de temps à autre au cours de l'après-midi toutes les peines à dissimuler combien son cœur se serrait en imaginant ce qu'aurait pu être cette même journée si son père et Marcel Boulay avaient encore été de ce monde.

Albert savait qu'une bonne partie de la population se réjouissait de l'union de leur jeune maire avec une des institutrices de l'école des filles. Tout le village aurait pu être de la fête. Pour répondre à l'attente de leurs concitoyens, ses collègues du conseil municipal décidèrent d'organiser un vin d'honneur dans les jours qui suivirent la cérémonie officielle. Peu de monde manqua l'événement.

—

À la rentrée de septembre, le nombre d'élèves avait augmenté. Depuis le mois de juillet précédent, la loi avait porté à quatorze ans l'âge de la scolarité obligatoire. Bien que les parents conservassent la faculté de confier leurs enfants à un précepteur ou de les instruire eux-mêmes, à la campagne, après douze ans, c'était à l'école publique que se faisaient ces deux années imposées depuis peu.

Dans l'établissement des garçons et dans une moindre mesure chez les filles, une réorganisation avait été nécessaire et Albert assurait désormais la classe aux grands. Antoine Brainville était un de ces élèves obligés de continuer leurs études jusqu'au certificat qu'il ne tenterait jamais tellement ses résultats étaient catastrophiques. Il était le fils de Georges, un des employés de Clément Pommier, le propriétaire de la grande ferme. Son père avait été à l'école avec Albert avant d'être placé, à douze ans, « au Plessis » comme il disait.

Albert se souvenait de ce camarade, véritable tête brûlée. Georges avait passé beaucoup de temps dans le coin de la classe de Marcel Boulay. Ses maîtres, souvent impuissants face aux bêtises répétées du garçon, ne trouvaient d'autres solutions que de l'adresser au directeur. Antoine était le digne fils de son père. Albert le surveillait, car Antoine s'était vanté auprès de ses copains qu'avant Noël il ferait parler de lui, et l'enseignant savait qu'il en était capable.

—

Depuis près de vingt ans, à Neuillé-sur-Racan, comme dans toutes les campagnes de France, on ne fêtait plus la Saint-Martin, on commémorait la fin de la Grande Guerre.

Albert, en tant que maire, ne pouvait s'y dérober. Il était obligé de participer au banquet des anciens combattants et de prononcer un discours ampoulé. Auparavant, une assistance nombreuse s'était rassemblée dans l'église. Le reste de l'année, le principal rival du curé était le cafetier sur la place. L'absentéisme touchait surtout les hommes, pourtant ce 11 novembre une bonne partie du village se retrouvait pour célébrer ce que quelques-uns persistaient à appeler " la victoire ". Antoinette et sa mère occupaient deux chaises au premier rang. De l'autre côté de l'allée centrale, Albert se tenait près de son beau-père.

Pendant la messe, les fidèles chantèrent en latin sans trop comprendre ce qu'ils entonnaient. Ce qui amusa Albert. Si au-dehors, le bourg et la place publique étaient vides pendant l'office, à l'intérieur de l'église c'était une véritable cacophonie. Les vieux, sourds, se contentaient de psalmodier et les vieilles récitaient leur chapelet. Dans les rangs du fond, les hommes bavardaient entre eux. Des affaires se faisaient et les ragots se colportaient de bouche à oreille.

Ce jour-là, malgré un auditoire inhabituel, le prêtre ne donna guère plus de communions que lors de sa messe dominicale. La crainte de devoir se confesser en était la raison. Il pouvait y avoir quelques oreilles indiscrètes qui traînaient non loin du confessionnal.

Le moment le plus important de la cérémonie fut le prône. Trop long pour les hommes qui commençaient à s'impatienter. Le vieux curé insista, plus que nécessaire selon Albert, pendant l'hommage qu'il rendit aux victimes du conflit, sur les poilus qui avaient combattu l'ennemi sans relâche et n'avaient jamais reculé face aux dangers. Le ton était théâtral, grandiloquent. Albert se sentit visé par cette évocation. En signe de respect, des noms furent cités. Pas une seule fois, celui d'Hector ni de Marcel Boulay ne fut prononcé. Le prêtre, qui dans le temps avait refusé de dire une messe pour son père, gardait une rancœur tenace envers l'ancien maire.

À la sortie de l'église, Albert croisa le regard de sa mère qui avait deviné combien il bouillait à l'intérieur. Un doigt sur la bouche suffit à lui faire comprendre ce qu'elle voulait dire. Il ne profiterait pas du discours du banquet pour polémiquer. Il lui revint en mémoire les paroles de la femme de Léon : « Mon petit, je n'ai pas oublié, mais j'ai pardonné. »

À l'instant même où il prit place à la table d'honneur, Albert, mû par une étrange intuition, craignit que la journée ne se passât pas sans heurts. Le sermon du curé en fin de matinée présageait d'une passe d'armes entre lui et Clément Pommier. D'ailleurs, la présence de ce dernier ainsi que d'une partie de l'équipe municipale battue en 1929 n'augurait rien de bon.

Pourtant, les craintes du maire semblaient vaines. Le repas se déroulait dans une ambiance bon enfant. L'après-midi était avancé lorsque l'accordéoniste s'apprêta à faire danser les convives. Ce fut le moment que Clément Pommier choisit pour se lever, un verre à la main tandis que son voisin tapotait sa cuillère sur une bouteille afin d'obtenir le silence. Un frisson parcourut le dos d'Albert. Les hostilités n'allaient pas tarder à éclater. Clément Pommier se lança dans le discours qu'il avait préparé :

— Monsieur le maire, mes amis, nous sommes réunis pour fêter la victoire et rendre hommage à nos malheureux camarades tombés au champ d'honneur. Le seul souvenir qu'il restera aux générations futures sera un nom gravé sur le monument aux morts… »

Tout le monde était suspendu aux lèvres de l'orateur. Clément marqua une courte pause, savamment orchestrée, avant de reprendre :

« Pour d'autres, il n'en est pas de même. Une rue porte leur nom… »

Pour Albert, l'allusion à son père était évidente. Il vit tous les yeux se tourner vers lui dans l'attente de sa réaction. Il se garda de répondre et resta silencieux. L'ancien magistrat municipal poursuivit en guise de conclusion :

— Monsieur le maire, je vous pose la question : certaines victimes ont-elles plus d'importance que d'autres ?

Les regards de tous passaient de Clément à Albert. Ce dernier tentait de calmer la colère qui était montée en lui au fur et à mesure que son opposant à la mairie déroulait son discours. Aux yeux de ses administrés, il ne pouvait pas rester sans réaction. Lorsqu'il se leva pour prendre la parole, il sentit qu'Antoinette, assise à son côté, tirait sur le bas de sa veste. Le geste était clair, il devait garder son calme !

— Monsieur Pommier, puisque je suis mis en cause, je vais répondre. D'abord, monsieur Pommier, reprit-il en martelant le nom, je m'interroge : vous vous adressez au fils ou au maire ? Je ne veux pas polémiquer sur la décision qui a été adoptée en son temps par Marcel Boulay et son conseil municipal, vous avez exercé pendant un mandat et vous auriez pu l'annuler. Et puis, je vous fais remarquer que nous ne sommes plus en campagne !

Quelques rires fusèrent dans la salle. Albert patienta quelques instants avant de poursuivre :

— Je prends note de votre remarque et vous propose de mettre un cahier à la disposition des habitants de Neuillé. Chacun pourra y consigner son souhait à propos de la suppression ou non du nom de la rue Hector Meunier…

— Je n'ai jamais exigé cela, clama Clément, toujours debout.

Des murmures s'élevèrent dans l'assistance. Clément Pommier sentit que la situation se retournait contre lui.

— Je me demande si vous savez ce que vous voulez, lui asséna Albert.

Aux chuchotements succédèrent des rires puis des applaudissements. Albert se rassit. Il ne souhaitait pas profiter du désarroi dans lequel était plongé son contradicteur. Antoinette choisit ce moment de répit entre les deux hommes pour se lever et se diriger vers l'accordéoniste qui fut invité à lancer la première danse.

On poussa les tables et dès les premières notes, le parquet central fut pris d'assaut par les couples. Était-ce un hasard ? Le musicien interprétait pour ouvrir le bal la célèbre chanson de Fred Adison, *On va se faire sonner les cloches*. Le refrain fut repris en chœur par les danseurs. Clément Pommier ne s'attarda pas. Peu s'aperçurent de son départ.

Il ne fut plus jamais question du cahier de doléances.

—

La rentrée de cette matinée de début décembre était perturbée. Il ne faisait pas bon être dehors. De très abondantes précipitations étaient tombées depuis la veille au soir. Les élèves, dès le portail d'entrée franchi, couraient à l'abri sous le préau. Depuis sa classe, Albert surveillait distraitement les arrivées. Il était absorbé dans ses pensées. Noël approchait et Antoine Brainville n'avait toujours pas mis à exécution le forfait qu'il projetait. Albert savait le gamin inventif et se demandait ce dont il pourrait être capable. La cloche du matin venait juste de sonner lorsqu'Albert aperçut Antoine passer la porte tout essoufflé.

— Tu es en retard, Antoine.

— Ce n'est pas de ma faute, m'sieur, haleta le garçon.

— On se verra à la récréation !

Antoine comprit la menace qui se profilait. En silence, il rejoignit sa place et trouva longues les premières heures de cours. Le signal de la récréation retentit, délivrant aussitôt les élèves. Antoine tenta de profiter du mouvement dans la classe pour se faufiler au milieu de ses camarades. En vain. Un rappel l'arrêta net :

— Antoine, viens ici.

Le garçon, profil bas, fut obligé de s'approcher du bureau d'Albert.

— Tu étais en retard ce matin !

— Ce n'est pas de ma faute, m'sieur…

— Ce n'est pas ma faute, ce n'est pas ma faute. Tu ne sais dire que cela. Explique-moi les raisons de ce retard.

— Je n'ai pas vu l'heure et puis il pleuvait fort !

— C'est tout ce que tu trouves à dire ?

— C'est la vérité, m'sieur, affirma le garçon.

Albert comprit qu'insister ne servirait à rien.

— Pour la fin de la semaine, tu me conjugueras " être en retard " à tous les temps de l'indicatif.

Pour Antoine, c'était la pire des punitions. Il aurait préféré une bonne paire de gifles. À peine le temps de quitter la classe que le maître sonnait la cloche pour annoncer la reprise des cours. Les habituels exercices de calcul avaient été notés au tableau lorsqu'on vint frapper à la porte. C'était la secrétaire de mairie. Albert se leva et alla à sa rencontre à l'extérieur.

— Monsieur le maire, il y a monsieur le curé qui est passé et qui veut vous voir de toute urgence.

Albert se demanda quel événement avait pu se produire pour qu'on le dérange pendant son cours :

— Pour quelle raison ?

— Il a trouvé…

La secrétaire s'interrompit, gênée par ce qu'elle devait annoncer :

— Il a trouvé plusieurs…

— Plusieurs quoi ? l'encouragea Albert.

— Plusieurs grenouilles dans le bénitier, pouffa-t-elle, retenant un rire qui faisait briller ses yeux.

— Des grenouilles dans le bénitier, au mois de décembre ? répéta Albert, incrédule et luttant lui aussi contre le fou rire. Il vous a donné des détails ?

— Oui, ce sont ses habituelles paroissiennes qui viennent chaque jour à la première messe du matin qui s'en sont aperçues. Il m'a même confié qu'une avait manqué de s'évanouir !

Gagné par l'hilarité, Albert s'imagina la scène. Il s'abstint toutefois de faire une réflexion devant la secrétaire.

— Appelez le garde champêtre : qu'il débarrasse le bénitier et qu'il dise au curé que j'irai le voir après l'école ce soir. Il n'y a pas d'urgence.

— Bien, monsieur le maire, ce sera fait, promit la jeune femme en s'éloignant.

Albert attendit quelques instants avant de rejoindre ses élèves. Il lui fallait retrouver son sérieux pour ne rien laisser paraître. Il revint en classe d'un pas à la lenteur étudiée et se plaça derrière son bureau au-dessus duquel il se pencha, toisant les écoliers. Instinctivement, tous les gamins baissèrent la tête dans un même mouvement.

— Antoine, après le cours tu viendras me voir.

Une onde de soulagement parcourut les rangs. L'intéressé, lui, ne broncha pas.

La cloche mit fin à la matinée de cours pour les garçons qui, à la demande de leur maître, quittèrent les lieux en silence. Tous, sauf Antoine qui dansait d'un pied sur l'autre devant l'estrade. Le dernier élève sorti, Albert n'y alla pas par quatre chemins :

— Antoine, les grenouilles dans le bénitier, c'est toi ?

— Non, m'sieur.

— C'est toi ? insista Albert en élevant la voix.

— Non, m'sieur, je vous jure, tenta-t-il de se défendre.

— Ne jure pas, s'il te plaît.

— Ce n'est pas moi, je vous ju…

Le maître ne s'énervait jamais, cependant Antoine venait de comprendre qu'il ne fallait peut-être pas exagérer, aussi garda-t-il la tête basse.

Albert jugea inutile de tourmenter davantage son élève, le délit était mineur et il n'avait aucune preuve de la culpabilité d'Antoine. Pourtant, l'enseignant ne pouvait s'empêcher de penser que le gamin Brainville était l'auteur de cette farce douteuse.

— Sauve-toi, va rejoindre tes camarades…

Sans demander son reste, Antoine quitta la classe.

—

Chaque midi, Albert avait l'habitude de déjeuner avec Antoinette. Il appréciait cette courte pause pendant laquelle le couple ne manquait jamais d'échanger sur leur classe. Ce jour-là, il se fit un plaisir de raconter à sa femme la mésaventure des paroissiennes. Récit faisant, le terme « les grenouilles de bénitier » lui échappa. Il fut vite admonesté par Antoinette :

— Ton incroyance te rend moqueur, réprouva-t-elle.

— Pardonne-moi, mais je ne pouvais pas l'éviter.

— Tu penses que c'est Antoine ?

— J'en mettrais ma main au feu.

— Qu'aurais-tu fait s'il s'était dénoncé ?

— Rien.

La brièveté de la réponse laissa Antoinette dubitative :

— Comment cela, rien ? Si tu le connais, tu ne révélerais pas au prêtre qui est le coupable ?

— Non, surtout si c'est Antoine.

— Pourquoi ?

— Si c'est lui, le curé ne pourra pas s'empêcher de le répéter à Clément Pommier. Tu n'ignores pas que le patron du Plessis est un grand bienfaiteur pour la paroisse.

— Oui, et alors ?

— Le père d'Antoine est un de ses employés et Pommier ne manquera pas de lui faire des reproches à propos de son fils et là je ne te dis pas la rouste que le gamin prendrait.

Antoinette savait que son mari disait vrai. Brainville était un rustre.

Le repas était sur le point de s'achever. Albert vit que le visage de sa femme rayonnait. Il mit cela sur le compte de la farce du matin :

— Je m'aperçois que mes grenouilles t'amusent…

— Ce n'est pas ça, l'interrompit Antoinette.

— Ah, bon. Qu'est-ce qui te rend si joyeuse aujourd'hui ?

Elle marqua quelques instants d'hésitation :

— Je crois que je suis enceinte.

— Tu crois que…

— J'en suis presque sûre. J'ai pris rendez-vous chez le médecin jeudi, car j'ai tous les signes.

Les dernières paroles d'Antoinette se perdirent dans le fracas de la chaise qu'Albert venait de renverser en se levant précipitamment. Il contourna la table pour enlacer sa femme. Il la souleva et ils commencèrent à esquisser quelques pas de danse. À cet instant, Albert devenait le plus heureux des hommes.

—

Les grenouilles furent oubliées. Pour Antoine, l'enseignement scolaire lui était toujours aussi étranger, mais il ne se faisait plus remarquer. Quant à Albert, il attendait avec impatience les beaux jours. L'été s'annonçait en même temps que son enfant. En juin, Albert serait père.

37.

Mi-mars 1937, à Neuillé-sur-Racan, comme dans de nombreuses régions de France, une tempête s'était abattue. Elle avait arraché des cheminées, déraciné des arbres. Albert passait une bonne partie de son temps à la mairie pour organiser les secours. Dans le village, on déplorait un blessé, à la suite de la chute de pierres d'une vieille bâtisse. Le maire et toute l'équipe municipale étaient à la manœuvre. Les appels de détresse arrivaient de toutes parts. Comme il était de tradition dans le monde rural, une chaîne d'entraide se mit rapidement en place. La première journée, l'enseignant dut confier le peu d'élèves qui étaient venus à l'école à un collègue.

Bien que fort accaparé, il restait aux petits soins pour Antoinette. La grossesse se déroulait dans de bonnes conditions et la jeune femme assurait sa classe et ses activités périscolaires. Victorine avait proposé son aide, que la future maman avait refusée, arguant qu'elle n'était pas malade.

Le choix du prénom occupait les soirées du couple. Ils convinrent qu'Antoinette le choisirait si c'était une fille et Albert, celui du garçon. Ce serait donc Marie ou Marcel ?

Avec le printemps, les traces de la tempête de mars s'effaçaient petit à petit. Antoinette espérait assurer sa classe le plus longtemps possible malgré la station debout qui était devenue de plus en plus pénible. Albert, qui s'en inquiétait, aurait souhaité qu'elle prît un peu de repos, mais c'était mal connaître la volonté de la jeune femme de remplir sa mission jusqu'au bout.

Le mardi 27 avril, pendant le déjeuner, le couple oublia un instant la prochaine naissance. À la mairie, Albert avait appris le matin même que la ville de Guernica avait été rasée la veille par un bombardement de l'aviation allemande. L'attaque avait commencé au beau milieu de l'après-midi, un jour de marché. Trois heures durant, la ville avait été sous le feu nourri des avions de la Luftwaffe de l'opération Rügen. Le nombre affolant des victimes dépassait l'entendement. Cette aide du chancelier Hitler pour soutenir le général Franco préoccupait beaucoup Albert.

—

Début juin, loin des péripéties qui agitaient le monde, la petite Marie vit le jour, pour la plus grande joie de ses parents, de Victorine et des grands-parents Bardon.

38.

Marie avait grandi. Elle avait fêté ses deux ans un mois auparavant. L'annonce de l'arrivée prochaine d'un petit frère l'avait mise en joie. Bien sûr, sa préférence allait vers une sœur pour pouvoir jouer avec elle par la suite, mais Victorine avait pronostiqué un garçon. Pour Antoinette, cette grossesse était plus difficile que la précédente. Elle était fatiguée et le médecin l'avait arrêtée avant la fin de l'année scolaire. La future maman avait d'abord refusé, mais sur l'insistance d'Albert, elle avait fini par admettre qu'il valait mieux du repos en vue de l'accouchement prévu le mois suivant.

Sa belle-mère venait lui rendre de fréquentes visites. Elle en profitait, au grand dam d'Antoinette, pour réaliser les travaux de ménage les plus fatigants. À soixante-trois ans, Victorine avait toujours bon pied bon œil. En accord avec ses patrons, elle n'assurait plus que la fabrication des fromages. Les châtelains avaient embauché un jeune couple. Le mari s'occuperait des chèvres, quant à sa femme, elle serait chargée d'écouler la production sur les marchés de la région. De ce fait, Victorine disposait de tous ses après-midi qu'elle consacrait, pour une grande partie, à sa petiote comme elle surnommait affectueusement Marie.

Avec sa petite-fille, Victorine avait noué une relation fusionnelle. Elle ne pouvait s'empêcher d'imaginer combien son Hector aurait été heureux avec un tel bout de chou. Toutes ces années, toutes ces joies dont on l'avait spolié un jour de décembre 1914 ! Heureusement, les sourires, les câlins de Marie lui faisaient oublier, l'espace d'un instant, l'absence d'Hector et de Marcel.

Victorine fondait de tendresse chaque fois qu'elle prenait la petite dans ses bras en lui susurrant de doux petits noms dans le creux de l'oreille. Toutes les deux restaient ainsi de longs moments, lovées l'une contre l'autre de peur de rompre ce moment de bonheur qui les submergeait.

Depuis la veille, Victorine voyait qu'Albert était soucieux. Il lui avait raconté combien la réunion du conseil municipal avait été houleuse. En accord avec ses conseillers, le maire avait inscrit à l'ordre du jour la modification de la dénomination des bâtiments scolaires. L'équipe souhaitait en effet rebaptiser l'ensemble : « Écoles Marcel Boulay ». Lorsque le sujet avait été discuté, le fidèle colistier de Clément Pommier avait pris la parole :

— Monsieur le maire, vous comptez changer tous les noms de la commune pour ceux de vos amis ?

Albert n'avait pas été long à comprendre qu'une altercation préméditée s'annonçait. Il s'était donc gardé de polémiquer et avait continué d'exposer d'un ton égal les démarches à entreprendre pour qu'une telle résolution fût appliquée. Son équipe détenant une très large majorité, l'adoption du projet ne faisait aucun doute.

Comme Albert s'y était attendu, l'élu de l'opposition n'avait pas semblé vouloir en rester là :

— C'est parce que l'ancien maire a donné le nom de votre père à une rue du village que vous nous proposez de rebaptiser les écoles ?

Albert avait refusé d'attiser l'antagonisme politique qui divisait une petite partie du conseil municipal et avait décidé d'ignorer la remarque. La voix de Clément Pommier avait résonné dans la salle : « À quand la place Albert Meunier ou encore celle du fils du fusillé ? »

Un brouhaha général s'était aussitôt élevé. Même les habituels auditeurs, pourtant tenus au silence, s'étaient mêlés à la cacophonie. Les invectives à l'égard de Clément Pommier avaient plu. Le premier adjoint, agacé par les propos de l'ancien maire, avait vertement répliqué : « Votre remarque est diffamatoire, vous devriez avoir honte. »

Pour que cesse le vacarme assourdissant qui avait peu à peu empli la salle, Albert avait annoncé la suspension et le report de la séance au vendredi suivant.

Huit jours plus tard, le projet présenté serait adopté sans discussion, les deux principaux opposants n'ayant pas daigné faire acte de présence.

—

Victorine se tracassait pour son fils. Elle avait aussi la crainte des événements qui se tramaient. Quel avenir allait être le leur ?

À la fin du mois, les accords de Munich ne la rassurèrent qu'à moitié.

39.

Ce vendredi 14 juillet 1939, veille des vacances scolaires, Albert venait de rentrer à son domicile après avoir présidé la traditionnelle cérémonie. Réélu d'une manière brillante quatre ans auparavant, il accomplissait son deuxième mandat. À Neuillé-sur-Racan, comme en France, ce cent cinquantième anniversaire de la prise de la Bastille s'était déroulé dans une ambiance morose. En 1938, l'annexion de l'Autriche par l'Allemagne, qui avait revendiqué une partie de la Tchécoslovaquie, avait fait craindre à Albert qu'une nouvelle guerre mondiale ne fût inévitable.

Comme vingt-cinq ans plus tôt, face aux événements qui avaient lieu dans le monde et en particulier en Europe, les inquiétudes de ses administrés furent vives. Ils tentèrent, auprès de leur maire, de trouver quelques raisons d'espérer. Quant aux anciens, ils ne cessaient de répéter : « Cela devait être la der des ders ! »

À son domicile, Albert retrouva Victorine qui, bien que ce ne fût pas dimanche, était venue partager le repas de midi avec son fils et sa belle-fille.

Ce matin-là, pour la première fois, Antoinette n'avait pas accompagné son mari aux cérémonies. L'accouchement était trop proche.

À peine avait-il franchi la porte d'entrée qu'Albert fut assailli de questions par les deux femmes.

— Tout s'est bien passé ? commença Antoinette.

Albert ne voulait pas les inquiéter et avait décidé de demeurer évasif.

— Oui, comme d'habitude.

— Il y avait beaucoup de monde ? renchérit Victorine.

Cette demande permit à Albert de ne pas s'étendre sur l'étrange atmosphère qui avait régné durant la cérémonie. Il se tourna vers sa femme :

— Tu ne sais pas qui est venu me voir à la fin ?

Comme Antoinette restait là sans répondre, Albert mit fin au suspense.

— Antoine Brainville.

— Qu'est-ce qu'il devient ?

— Il travaille avec son père chez Pommier. Il s'occupe des moutons et va bientôt remplacer le vieux berger.

— Cela doit lui convenir, remarqua Victorine qui connaissait le garçon.

— Il doit être plus heureux qu'en classe ! souligna Antoinette.

— C'est sûr, approuva Albert, il est venu me voir pendant le vin d'honneur et vous savez ce qu'il m'a confessé ?

— Non, répondirent-elles en chœur.

Albert fit silence pour ménager son effet, mais Antoinette lui coupa l'herbe sous les pieds :

— Les grenouilles, c'était lui !

— Oui. Il m'a avoué qu'à l'époque il en conservait dans le grenier. Au cas où !

— Que lui as-tu dit ?

— Que je n'en avais pas douté une seconde !

— C'est tout ? s'offusqua Victorine.

— Je n'allais pas lui déclarer que cela m'avait amusé !

Sa mère haussa les épaules tandis qu'Antoinette lui adressait un regard complice.

Le déjeuner terminé, Victorine tout en débarrassant la table s'approcha de son fils qui venait de prendre place dans son fauteuil. Elle paraissait inquiète :

— Dis, mon garçon, ça ne va pas tout de même recommencer ? murmura-t-elle.

Albert n'eut pas le temps de répondre : « Papa, papa ! » appelait-on de la chambre. Ce fut une tornade qui arriva dans la pièce et se jeta dans les bras de son père. Albert la couvrit de baisers avant de se tourner vers sa mère :

— J'en ai bien peur…

Il ne put poursuivre, Marie venait de grimper sur ses genoux et se cramponnait à son cou.

40.

Le vingt-quatre août, à la date prévue, Marcel vit le jour au domicile de ses parents. La déception de Marie de ne pas avoir une petite sœur fut de courte durée. Le nouveau-né était un beau bambin de trois kilos qui, aux dires de Victorine, ressemblait à son père comme deux gouttes d'eau. Pour elle, la relève était assurée.

Cette naissance comblait Antoinette et Albert.

Par une étrange coïncidence, Marcel Boulay aurait eu quatre-vingt-dix ans ce jour-là. La famille Meunier ressentait douloureusement son absence, surtout en cette période faite de joie, mais aussi de beaucoup d'interrogations. Albert éprouva le besoin impérieux de se recueillir sur la tombe de son mentor. Seul devant le caveau, il se surprit à lui parler à voix haute. Il annonça la bonne nouvelle tout en lui faisant part de son inquiétude depuis qu'une mobilisation partielle avait été décrétée le jour même.

Quelques semaines plus tard, les événements lui donnèrent raison. Pour Albert, comme pour beaucoup, des moments difficiles se préparaient.

ÉPILOGUE.

Le ciel était sombre, et depuis le début de matinée, il pleuvait à verse. Tous les participants aux cérémonies commémoratives de ce 11 novembre 1945 étaient trempés jusqu'aux os. Les dernières notes de l'hymne national retentirent annonçant la fin de la célébration et chacun se hâta de rejoindre la salle des fêtes pour le traditionnel vin d'honneur.

—

Au mois d'avril précédent, les premières élections municipales après la reddition de l'Allemagne avaient vu la victoire d'Albert et son équipe, élus à une majorité écrasante dès le premier tour en remplacement de Clément Pommier que le Préfet avait nommé en 1940. Le nouveau maire était d'autant plus satisfait de ce résultat que, pour la première fois, les femmes avaient pu apporter leur suffrage.

Il y avait maintenant plus d'une année que Neuillé-sur-Racan avait retrouvé son calme. Lorsqu'en août 1944 ils avaient aperçu la première jeep faire le tour de la place, les habitants s'étaient précipités hors de chez eux. Les jours qui avaient suivi, la population avait été en proie à une effervescence inattendue. Tous s'interpellaient avec une joie intense afin de partager non plus leurs craintes, mais une nouvelle espérance. Toutefois, à ces premières journées d'allégresse avaient succédé quelques semaines troubles. Des règlements de compte avaient eu lieu qu'aujourd'hui encore tous souhaitaient oublier.

Cinq ans plus tôt, le village avait assisté au départ des mobilisables. En quelques jours, comme vingt-cinq ans auparavant, il s'était trouvé vidé de ses forces vives. Le jeudi, la place du marché, d'habitude si animée, avait offert un aspect désolé. Au café de la grande rue, l'ambiance n'avait plus été la même. Pour sa part, à quarante ans, Albert, père de deux enfants, avait été incorporé dans la réserve territoriale avant d'être démobilisé en juin. Il avait alors repris son poste d'instituteur.

Pendant toutes ces années, peu de monde avait été au courant des agissements d'Albert. La présence de Clément Pommier à la mairie avait obligé l'enseignant à redoubler de précautions. Il avait surtout craint pour sa famille. À son initiative, plusieurs enfants et adultes avaient trouvé refuge à Neuillé-sur-Racan. Ils avaient dû leur survie à la fois aux villageois qui leur avaient ouvert leur porte et à quelques personnes qui les avaient activement protégés. Albert, avec la complicité d'Antoinette et du couple Bardon, avait été de ceux-là. Tout comme le jeune Antoine Brainville qui avait été choisi comme messager. Le garçon avait juré de ne rien révéler, et il avait tenu parole.

—

L'hymne national s'était tu et la commémoration prit fin alors que les cloches se mettaient à carillonner midi.

Albert s'attarda à la salle des fêtes, serrant les dernières mains. Avant de retrouver leur foyer, les villageois tenaient à lui témoigner leur reconnaissance. Ils étaient fiers de leur maire, digne successeur de Marcel Boulay dont le souvenir vivrait encore longtemps dans leur mémoire.

Retrouvez, Antoine, Albert, sa femme, sa mère et de nouveaux protagonistes dans les deux autres ouvrages de la série « Cœurs de terroir » :

DERRIÈRE SES RIDEAUX

Un roman du terroir

Grincheuse, râleuse, Jeanne n'a que paroles aigres et médisantes à la bouche. Veuve, sans enfant, après seulement deux années de mariage, personne ne trouve grâce à ses yeux. Qu'est-ce qui la pousse à être aussi calomnieuse ? C'est dans le village où réside la vieille femme, qu'Émile débarque un beau matin. Quel destin peut bien le relier à Jeanne ?

Une saga familiale de la fin du 19e siècle aux années 70, avec des personnages attachants, quoique pas toujours sympathiques de prime abord, se croisent au détour des événements, retrouvant certains protagonistes déjà mis en scène dans le roman régional «Le fils du fusillé».

UNE DAME DE CŒUR

D'après une histoire vraie.

Tout en respectant les traditions de son époque, Lucienne a le courage de ses choix et la force de les mener à leur terme. Elle est libre sans jamais choquer quiconque. Avec une gentillesse sans pareille, elle est ce qu'on appelle une belle personne.

Sans avoir une existence mouvementée, elle est cependant un personnage fort qui finira par réaliser, même tardivement, le grand projet de sa vie et par connaître un immense bonheur.

Ce n'est pas si commun !

Si vous avez aimé ce livre, n'hésitez pas à partager avec vos proches et sur les réseaux sociaux.

Les recommandations entre lecteurs restent essentielles pour les auteurs indépendants.

Je vous remercie par avance.

Jean-Pierre Barré

Tous ces ouvrages

▼

https://www.asso-epi.fr/librairie/

contact auteur : nouvelles.chroniques@gmail.com

Printed in France by Amazon
Brétigny-sur-Orge, FR

24294376R00116